うちの弟子がいつのまにか
人類最強になっていて、
なんの才能もない師匠の俺が、
それを超える宇宙最強に
誤認定されている件について

アキライズン

UCHI NO DESHI GA ITSUNOMANIKA
JINRUISAIKYOU NI NATTEITE
NANNO SAINOU MO NAI SHISYOU NO ORE GA
SORE WO KOERU UCYUUSAIKYOU NI
GONINTEI SARETEIRU KEN NI TUITE

AKIRAIZUN

Volume
02

前巻までのあらすじ

パーティーから追放され、山で一人のんびりと暮らしていたタクミ。彼のもとに、かつて保護した少女・アリスの弟子を名乗るレイアがやってきた。彼女は、宇宙最強と噂されているタクミの弟子になりに来たのだ。それからというもの、本当は何の才能もないタクミのもとにドラゴンや大賢者、ゴブリン王が訪れ始める。ほとんど何もやっていないのに、ドラゴンの王になり、大賢者を退け、ゴブリンたちを完全討伐したことになったタクミは、ギルドによって魔王ではないかと疑われてしまう。その疑いを晴らすため、レイアたちとともにギルドの大武会に参加するタクミ。彼は真の魔王の正体に気づき、観客の前で真相を明かそうとするが、そこに人類最強アリスがやってくる。

STORY

人物相関図

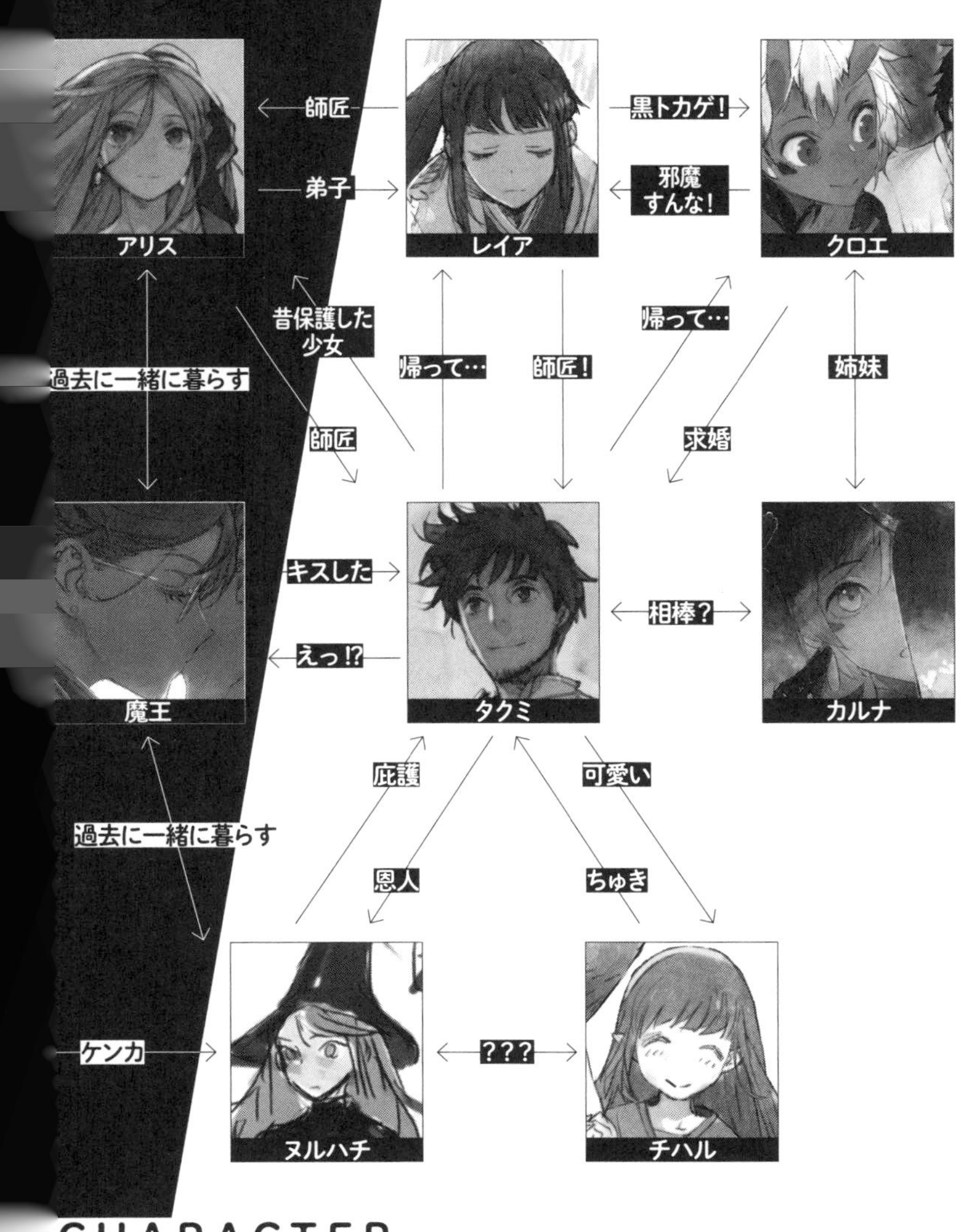

CHARACTER

CONTENTS

うちの弟子がいつのまにか人類最強になっていて、
なんの才能もない師匠の俺が、それを超える
宇宙最強に誤認定されている件について

序章
断崖の王女とタクミポイント

1　タクミポイント

あの大武会での戦いから一ヶ月。

すっかり冷たくなった風は、否が応でも冬の訪れを感じさせる。

ようやく、のどかな日常が戻ってきた。まあ完全には戻ってないのだが良しとしよう。たとえ見せかけといえど、今の状況は決して悪くは無い。レイアが来てから、大武会終了までの日々は、あまりにも過酷だった。もう二度とあのようなことに巻き込まれないよう、祈りを捧げる。

あとは願うしかなかった。


皆がタクミポイントをたくさん獲得しないことを。


大武会終了後にできたタクミポイントは、これまでの状況を一変させた。

我が家のように洞窟に居座ったり、気軽に毎日やって来ていた客人達が簡単に来れなくなったのだ。

結局、ここに残ったのは、タクミポイントの管理を任されたレイアだけだった。

魔剣カルナも大武会以降、ずっと反応がなく、チハルまでいなくなってしまう。

大武会前は、毎日が宴会騒ぎだったので、最初、少しだけ寂しく思ったが、すぐにのどかな生活に慣れていき、やっぱり一人でいるほうが、気楽で落ち着くという結論にたどり着いた。

「ちょっとレイア、挨拶をしに来ただけなのだが、まさか、それにもポイントがいるのか」

タクミポイントができた後も、クロエだけはよく洞窟前にやって来ていた。

「当然です。タクミさんとの挨拶は、5タクミポイントが必要になっています」

レイアがクロエに厳しく説明している。

「むぅ、ちなみに今、我は何ポイントだ？」

「現在4タクミポイントです」

「前から2ポイントしか増えてないではないかっ。洞窟前の雑草刈りはたったの2ポイントなのかっ」

「はい、範囲によってタクミポイントは変動します。25メートル四方で1タクミポイントです」

すごいぼったくり感だな、タクミポイント。

だが、それぐらいでないと気が休まらない。

「ちなみにタクミ殿と結婚は何ポイントだったかな？」

「56億7千タクミポイントです」

「世界中の雑草を刈っても、そんなに貯まらんわっ！」

貯まってもらっては困る。そのためのタクミポイント制度だ。

「ちなみに結婚した後の子作りは、108億タクミポイントになります」

「結婚してもポイント制なんっ!?」

「当然です」

恐るべきタクミポイント。

クロエも思わずドラゴン弁が出てしまっている。

これなら当分の間、いやもしかしたら生涯のんびりと暮らしていけるかもしれない。

この制度を考え出したアリスに感謝するべきなのか。

「これ、タクミ殿に貢献できることをしたらポイント貯まるんやんな？　もっとこう、一気にポイント稼げるやつはないんか？」

「通常のものは最高でも１００ポイントですね。裏チャレンジなら１００億タクミポイントのものがありますが、挑戦しますか？」

なんだ、そのインフレ。

いきなり、崩壊しそうになるタクミポイント制度。

「おおっ、そんなんあるんかっ！　やるに決まってるやんっ！」

「それではアリス様に連絡します。タクミポイント裏チャレンジ【人類最強を倒せ】の依頼を承りました。六十分以内にアリス様を倒せば１００億タクミポイントです」

クロエが大きく口を開けたまま固まった。

崩壊していなかったタクミポイント制度。

そのチャレンジをクリアできるものは、この世界に存在しない。

「きょ、今日のところは勘弁したるわっ！」

がっかりと肩を落として帰っていくクロエ。

ちょっと可哀想だが仕方がない。

これまでのようになにもかも放っておいたら、また大事件に発展してしまう。


「レイア、そろそろ冬野菜の収穫に行こうと思うんだけど……」

「ああ、タクミさん。それなら早朝にミアキス殿が収穫し終わりました」

「え、そうなのか」

「はい、3タクミポイント分の働きでした。ちなみにミアキス殿のポイントはすべて魔王殿に加算されるそうです」

そういえば大武会の時、ミアキスは大失態を犯していた。


アリスが試合に乱入してきた時のことを思い出す。

四神柱（ししんちゅう）の結界はアリスにより破壊され、大武会は大混乱となった。

「さて、一対一では到底敵わないが、全員でかかればどうだろうな」

魔王は、アリスの出現と共にヌルハチを吸い込もうとしていた穴を解除し、ヌルハチの隣に並び立つ。

「ヌルハチと魔王、さらに四天王（ドグマ以外）が加われば1％ぐらいは奇跡があるかもしれんな」

「二人で戦うのは数千年ぶりだな、ヌルハチ」

ヌルハチと魔王が顔を見合わせる。

二人ともどこか嬉しそうに見える。

「四天王（ドグマ以外）っ！」

魔王の号令で四天王（ドグマ以外）が集結する。

もはや、四神柱は作動しない。完全にアリスに壊されてしまったようだ。

アリスはまるで何も起こっていないかのように、ただ無言で俺を見つめていた。

心臓の鼓動が速くなるのを感じる。

幼女の時のアリスとはなにもかも違っていた。

直視できずに、俺は目線を逸らしてしまう。

「これより、アリスとの戦闘を開始するっ！」

「「「はっ」」」

魔王の前に獣人王ミアキス、吸血王カミラ、闇王アザートスが並んで跪く。

「また、魔王様と戦えること光栄に思いますにゃ」

ミアキスが魔王に一礼した時だった。

「どうも、糞ビッチです」

ミアキスがだらだらと大粒の汗を流す。

はっ！　一緒に謝りに行く約束をしていたが、間に合わなかった。申し訳ない。

「きっとミアキスはこんな糞ビッチのためには本気で戦ってくれないのだろうな」

「そ、そんなことないですにゃ。全力でやらせていただきますにゃっ!!」

「糞ビッチのために?」

「はいにゃ！　糞ビッチのためにっ……はっ！」

　見つめ合う二人。気まずい沈黙が流れる。もはやミアキスは滝のように流れる汗で全身ビショビショになっていた。

「ち、ちがうにゃっ！　魔王様がキスなんてするイメージがなかったにゃっ！　吾輩(わがはい)達以外とは、まともに会話できないコミュ障だと思っていたにゃっ！」

　ミアキスが火に油を注いでいるが、自分では気づいていない。魔王が冷たい瞳でミアキスを見下ろしている。

「ミアキス」

「はいにゃっ、魔王様っ」

「まずは敵がどのくらい強いか、知っておきたいところだな」

「はいにゃ、以前四天王（ドグマ含む）全員でアリスに挑んだことがありますにゃ。その時の戦闘データを……」

　魔王がゆっくり首を振る。

「ちがう。今、この目で見たいのだよ、ミアキス。余(よ)はコミュ障なので会話が苦手なのだ」

「はにゃっ!?」

　ようやく、さらなる失態に気づいたようだ。

助けを求めているのか、ミアキスは泳いだ目で右と左に並ぶカミラとアザートスを見る。二人ともミアキスと視線を合わさずそっぽを向いた。

「わ、わかりましたにゃっ！」

覚悟を決めたのか、ミアキスは立ち上がり宣言する。

「ミアキスっ、突撃しますにゃあああああっ！」

後に伝説として語り継がれるアリス大戦の火蓋はこうして切って落とされた。


大武会が終わった後もミアキスは、毎日朝から晩まで、タクミポイントを稼ぎ、魔王に貢献している。魔王がここに来たら、許してやってほしいと言うつもりだが、あれから魔王が俺の前に現れることはなかった。また何か水面下で企んでいるのではないかと少し不安になる。

そして、アリスもだ。

彼女も同じく大武会以降会っていない。

「なあ、レイア」

俺は思わず聞いてしまう。

「あれからアリスは何をしているんだ？」

「修行です。大武会でタクミさんを間近で見て、まだまだ自分が未熟だとわかった。そう仰（おっしゃ）っていました」

どこをどう見てそう仰ったのだろうか。

「きっとアリス様はタクミさんに並び立つまで、誰にもタクミさんに近づいて欲しくない。その思いから、タクミポイント制度を作ったのですね」

思いだけで作れるものなのだろうか。

タクミポイント制度では、ポイントを使わない限り、俺に近づくこともできない。挨拶や訪問にも細かくポイントが設定され、見えない壁のようなものが、俺の周りを囲んでいて、ポイントを持たないものを弾き返す。ポイントは俺のためになることをすれば自動で貯まっていくみたいだが、そのポイントの確認や使用した時の管理、ルールの説明など、その全てをレイアが一人で任されていた。

何故、レイアだけが、俺の側にいることが許されているのか？

アリスはレイアに、レイアはアリスに、一体どういう思いを抱いているのか。

それは、大武会で再会を果たした二人を見てもわからなかった。

ただレイアは……


四神柱の結界が破壊され、四天王（ドグマ以外）が乱入する。

一回戦を勝ち上がった中で、舞台に上がっていないのはレイアだけになった。

結界が壊れる前、魔王が俺に近づいた時、一番最初に舞台に突撃したのはレイアだった。だが、レイアは結界が壊れても、そこに上がろうとはしなかった。

「レイア、みんな舞台に上がっとるっ！　行かへんのかっ！」

クロエの呼びかけに、レイアは舞台を、いや、アリスのほうをじっ、と見る。

「アリス様が来られました。……私はもう何もできません」

「何言うてるんっ。タクミ殿、取られていいんかっ」

レイアはアリスから目を逸らし、下を向く。

その表情はわからない。

ただその身体は震えているように見えた。

「……私は所詮、アリス様の……なのです」

最後の言葉は小さ過ぎて聞こえなかった。

そして、レイアはこのまま最後まで、アリス大戦には参加しなかったのだ。


「ど、どうしました？　タクミさん」

「い、いや、なんでもない」

慌てて視線を逸らす。

あの時、レイアが何を言ったのか。

なんだか聞いてはいけないことのような気がして、俺は聞くことができなかった。

いつか、レイアの口から言ってくれるまで待っていよう。

しばらくは最初の頃のように、二人でのどかな生活を送っていけるだろう。

そんなふうに俺は甘い考えを抱いていた。

この時は予想もしていなかったのだ。

わずか一カ月で、１００億タクミポイントを稼ぎ出す者が現れるということを……

２　断崖の王女

「ひゃっ、１００億タクミポイントを稼がれたやてっ⁉」

クロエの絶叫が響き渡った。

「し、静かにしろっ、黒トカゲっ！　タクミさんに聞こえるだろうがっ！」

うん、もうめっちゃ聞こえたよ。

冬の山には雪が降り始めていた。今年の終わりが近づいて、もう後はのんびりと年越しを迎えよう、そう思っていた矢先に、たいへんなことになってしまった。

「でも、そんなん誰が貯め込んでんっ！　うち、まだ、２５ポイントしか貯まってへんでっ！」

「私もまだ３００ポイントしか貯まってませんっ。普通ならあり得ないのです。だけど、確かにアリス様から通達があったのです」

「一体、誰やっ、まさか、裏チャレンジをクリアしたんかっ⁉」

「アリス様が負けることなど、タクミさん以外にあり得ませんっ！」

いや、俺も含めてあり得ないから。

なら、一体どうやってこんな短期間で、誰がタクミポイントを１００億も貯められたのか。

「今日、直接、ここにやって来るらしいです。ポイントの交換はここでしかできませんから」

「な、何と交換する気なんやっ。結婚かっ！　もしかしたら結婚飛ばして、子作りかっ！　くそっ、ちまちま使わんと、うちもしっかり貯めるべきやったわっ！」

いやいやいや、１００億貯めるなんて、しっかり貯めるというレベルではない。

魔王みたいにミアキスや他の四天王（ドグマを除く）に手伝わせても不可能だ。

それはもはや一人ではなく、数万人、いや数千万人規模でないと無理だろう。

そんな数の人間を動かせるのはギルド協会でもあり得ない。

「な、なんか、きたでっ⁉」

「アレはっ⁉」

思わず俺も洞窟の外に出る。

そして、一目見て納得してしまう。

そうか、確かにこれなら一ヶ月でタクミポイントを１００億貯めることができるだろう。

洞窟の前には物凄い数の大名行列ができていた。この洞窟に、これ程までの来訪者が訪れるのは、ゴブリン王の襲撃以来だ。

その行列は、皆、煌びやかな銀の鎧を身に纏い、規律正しく、行進している。その中には、巨大な赤い旗を持っている者が何人かいて、旗の中央には銀色の鷹の絵が描かれてあった。

「ルシア王国の国旗だ」

１００億のタクミポイントは国を挙げて集めて来たのだ。

確かルシア王国の人口は五千万人ぐらいだったか。

一人が一ヶ月に２００ポイント貯めれば実現可能な計算になる。


「レイア、あれっ！」

「断崖の王女（シアクリフリリー）っ!?」

レイアとクロエが純白のカーテンに包まれた馬車を見て驚いている。

シルエット越しにドレスを着た女性が座っているのが見えた。

聞いたことがあった。

ルシア王国にはもうすぐ三十歳になるというのに、すべての縁談を断り、結婚をしない王女がいると。現在、王位を継承してルシア王国の最高権力者ではあるが、婚姻していない限り、ルシア王国では女王でなく王女と呼ばれている。

断崖の王女（シアクリフリリー）。

その名前の由来は切り立った崖に咲く白い花、リリーから取られていた。東方ではユリとも呼ばれるその花は、純粋、無垢、威厳などの意味を持ち、崖の上など過酷な環境であっても、堂々と咲き誇る。幾人もの男が王女に求婚したが、王女はどんな男にもなびかなかった。時の権力者や一国の王子、国一番の金持ちや絶世の美男子にも見向きもしない。

まるで断崖絶壁に咲く、手の届かない美しい花のようだ。

振られた男性達がそう喩（たと）え、いつしか、断崖の王女（シアクリフリリー）と呼ばれるようになったという。

確か王女の本当の名は……

「到着致しました。サリア様」

そう、サリア・シャーナ・ルシアだ。

「ご苦労様、ナナシン」

黒い執事服を着たメガネの青年が馬車の側で話しかける。

シルエットだけで王女の顔は見えないが、その声には気品があり、高貴なオーラが漂っていた。

「早速、タクミポイントの交換に取り掛かって下さい」

「はっ」

ナナシンと呼ばれた男が一礼し、レイアの方に歩いてくる。

他の兵士達は規律正しく敬礼し、直立不動で待機していた。

「我が主人、サリア王女がタクミポイントの交換に参りました。手続きをお願いしたい」

レイアがごくりと息を飲むのが聞こえてきた。俺も手に汗を握っている。

結婚だったらどうしよう。

一体、王女はポイントを何に使うつもりなのか。

「わ、わかりました。タクミポイントを確認させて頂きます」

「畏(かしこ)まりました。ではまずこのT(ター)カードからご覧下さい」

「これはっ。タクミさんの顔写真が印刷されているっ！」

えっ？　何それ？　ギルドカードみたいなものなのか？

「タクミポイントカード。略してT(ター)カードでございます。僭越(せんえつ)ながら私(わたくし)ナナシンが発案させて頂きました。ルシア王国の国民全員に配布され、タクミポイントを管理しております」

い、いつの間にそんなものを作ったのだ。

あ、レイアが物欲しそうな顔でTカードを見つめている。

「よろしければ差し上げましょうか？　Tカードは国民だけでなく、希望者全員にお配りしております」

「ぜ、是非っ。あっ、保存用と観賞用も欲しいですっ。できれば三枚頂けませんかっ」

「うちもっ、うちも三枚欲しいっ」

「内緒ですよ、本来は一人一枚ですから」

レイアとクロエがTカードをもらって子供のようにはしゃいでいる。

ダメだ。完全にナナシンさんに懐柔されているではないか。

「ルシア王国では現在、冬のタクミ祭りを実施しております。タクミポイントは1ポイントから貨幣に換金できますが、それ以外にもキャンペーン中に貯めたポイントにより、様々な特典をご用意しております」

なんか、何処かで聞いたことのあるようなキャンペーンだ。

「特典とはどのようなものなのですかっ」

レイアが食い付いている。

もはや完全にTカードの虜ではないかっ。

「10ポイントで様々なタクミ様グッズとの交換から、200ポイントでボア肉一年分、300ポイントでルシア王国記念金貨が貰えるなどの豪華特典がご用意されてございます」

「タクミ様グッズっ!?」

いや、驚くとこそこじゃないよっ！

確か記念金貨は一枚で家が建つ程の価値があるはずだ。300ポイントでその記念金貨が貰えるとか、そりゃ100億貯まるわ、タクミポイント。

「ナナシン、そろそろ本題に」

「はっ、失礼致しました。サリア様」

ナナシンさんは一礼した後、再びレイアに向き直る。

「それでは交換の方、宜しいでしょうか？　こちらのT（ター）カードに100億タクミポイントが入っております」

懐から鷹の紋章が入った封筒を取り出してレイアに渡す。はしゃいでいたレイアが慎重にそれを開けると、一枚の手紙と銀色の豪華なT（ター）カードが入っていた。覗き込むと手紙には、アリスのサインとゴブリン王が書いたと思われる一文がある。

『そのT（ター）カードには、間違いなく100億タクミポイントが貯まっています。交換してあげなさい、レイア。……くそっ、まさかこんなに早く貯めるなんてっ。ああっ、どうしようっ、どうしたらいいのっ!?　やはりあの女、早くなんとかすべきだったたっ！　……お前、今のところも書いてない？　大丈夫？』

十豪会（じゅうごうかい）の思い出が蘇る。また全部書きこまれてる。絶対わざとやってるな、ゴブリン王。

「ど、どうやら間違いないようですね。そ、それではタクミポイントを何と交換なさいますか？」

緊張のためか、レイアの声が上擦っていた。

クロエも緊張して、押し黙る。

「はい、それではタクミ様と……」

「待ちなさい、ナナシン」

突然、王女からストップがかかった。

肝心な所で予期せぬ声がして、レイアが青い顔をしたまま固まった。

俺も心臓がばっくんばっくんと激しい音を立てている。

「やはり、それは私の口から言わせて下さい」

「かしこまりました。では……」

ナナシンさんが馬車に戻り、そっ、と純白のカーテンに手をかける。王女が俺達にその姿を見せ、ドレスの裾を持ちながら、ゆっくりと馬車から降りる。

雪が洞窟前を白く染めていた。

だが、そこに降り立った彼女は、その雪よりも白く清楚で美しかった。

そして、俺はその彼女の顔を知っていた。

十年前、二十歳になる前に見た時よりも、遥かに美しくなっている彼女に、俺は目を奪われる。

「久し振りね、タクミ」

だが、その笑顔は昔と変わらず、俺はまるで十年前に遡（さかのぼ）ったかのような錯覚を覚える。

「……サシャ」

彼女の名前を呼ぶ。

断崖の王女（シアクリフリリー）、サリア・シャーナ・ルシアは、かつて、俺と一緒に冒険した昔の仲間だった。

3 強制執行プロポーズ

「この大陸には大きく分けて五つの国があるのはご存知ですね。

蛮族地帯、北方ノースカントリー。

神倭ノ地（しんわのち）、東方イーストグラウンド。

魔法王国、西方ウェストランド。

機械都市、南方サウスシティ。

そして、私達が住む一番大きな国、
総合国家、中央センターワールド」

十豪会（じゅうごうかい）で使用した円卓にサシャ、ナナシンさん、俺、レイア、クロエの順に五人が時計回りに一つずつ席を空けて座っていた。サシャが連れてきた兵士達は離れた位置で、円卓を守るように囲んでいる。

タクミポイントを何と交換するのか。その説明が少し長くなるとサシャが言ったので、移動することになった。どんな話になるのだろうと、ドキドキしながら聞いていたら……

えっ？　大陸規模っ⁉

「中央センターワールドは、現在、我らルシア王国が中心となり統括しております。東西南北に隣接する四つの国とも、ここ百年、大きな争いはなく、平和な日々が続いていました」

そうだ。この大陸では人間同士の争いは長く行われていない。

「どうしてだと思う？　タクミ」

十年前と同じように、サシャが俺に話しかけてくる。

「え、あっ、おぅ」

あまりにも自然で、十年前よりも美しいその姿に動揺してしまう。

「あ、ああ。あれだな。ルシア王国が強力な戦力を持っているので、他の国は喧嘩を売れない状態なんだよな」

「うん、その通り」

サシャがにっこりと俺に笑いかける。

冒険者時代と同じ笑顔に、どきり、となり思わず目を逸らしてしまう。

「レイア、うち、なんかイライラするわ。ドラゴンになってしまいそうやわ」

「奇遇ですね、黒トカゲ。私もなんだかイライラして神を降ろしたくなっています」

クロエとレイアがなんだか恐ろしいことを言っているが、聞こえないフリをしておく。

「ルシア王国には優秀な騎士達がいる上に、大賢者ヌルハチが所属するギルド協会本部があり、魔王やゴブリン王、古代龍（エンシェントドラゴン）などの伝説級（レジェンド）の者達が滞在しています。さらに近年では人類最強アリスまでもが台頭し、もはやルシア王国に手を出す国など皆無、そう思っていたのです」

サシャの説明を聞くと、改めてとんでもないのが一つの国に集まっているな、と実感した。

アリス一人でも、人類全体に勝てそうなのに、世界最強ベスト5くらいまで、揃っていそうなラインナップだ。

「しかし、ここ数ヶ月でその状況が変わってきたのです」

「まさか、どこかの国がルシア王国に喧嘩を売ってきたのかっ?」

ルシア王国は強力な力を持ちながらも、他国を侵略することはなかった。それ故に、この百年あまり戦争は一度たりとも起きなかったのだ。

それを崩そうという無謀な国があるということか?

「どこかの国ではありません。全てです。今、ルシア王国を除く、東西南北、四つの国全てがこの国を侵略しようとしています」

「す、すべての国っ!?」

そんな勝ち目のない戦いを全ての国がしようとしているのかっ。

「タクミ殿。ここからは私(わたくし)、ナナシンが説明させて頂きます」

サシャに変わり、ナナシンさんが話を始める。

「事の発端は一ヶ月と少し前、大武会でのタクミ様の武勇伝により始まりました」

武勇伝?

いやいやいや。あの大会、俺はただ突っ立っていただけだからね。

「ギルドランキング一位であられる宇宙最強タクミ様の噂は、大武会以前にも世界中に広まっていました。ですが、それはあくまで真偽のわからない噂にしか過ぎなかったのです」

実際はギルド協会の秘書リンデンさん（魔王）がアリスの活躍を俺にすり替えていただけなんだけどね。

「しかし、今回の大武会でギルド会長を瞬殺し、魔王や大賢者、人類最強アリスですら、寄せ付けぬ強さを見せたと、大陸中で大きなニュースとなりました」

おかしい。何かがおかしい。あの大武会はまるで俺が勘違いされるためだけに行われていたように思える。

リンデンさん（魔王）だけではない。アリスやヌルハチ、さらに他の出場者ですら計画に含まれていたのではないだろうか。

「そして、タクミ様はギルドに所属していますが、洞窟に引きこもっているだけで、ギルドにも国にも興味がないということが広まっております」

うん。だって俺、料理だけ作ってのんびりひっそり暮らしたいだけなんだもの。

「それ故に、各国は今、こう思っているのです。タクミ様さえ手に入れることができれば、ルシア王国を、いえ、世界すら支配することができるのではないか、と」

はい、またきた、この展開。

え？　俺、魔王の次は世界の王なの？

俺に対する勘違い評価が止(とど)まることを知らない。

「ルシア王国どころか、他の四つの国でも、タクミポイントを集めるため、必死になっております。すでにタクミポイントと貨幣を交換している国も存在します」

えっ！　俺、お札になってるのっ⁉

「このままでは、タクミ様はどこかの国に奪われてしまう。そこで最も人口の多い、我々ルシア王国がいち早くタクミポイントを集めさせて頂きました」

ナナシンさんが俺に向かって一礼する。

説明が終わり、話し手は再びサシャに変わった。

「わかる？　もう選択の余地はないの。あなたはルシア王国の……いえ」

これまで昔のように、気さくに話していたサシャが初めて真剣な顔になる。

「私のものになりなさい、タクミ」

断崖の王女（シアクリフリリー）、サリア・シャーナ・ルシア。

幾人もの男達の求婚、そのすべてを断ってきた王女が、俺にプロポーズをした。

4　王女のお泊り旅

「いい天気ね、タクミ。洗濯日和だわ」

サシャが俺の服を洗いながら微笑みかける。

昨日降っていた雪はすっかり止んで、透き通るような青空が広がっていた。

洞窟の前の水桶でサシャが大量の洗濯物を手洗いしている。

冒険者時代もこうやってパーティーみんなの服を洗ってくれていたことを思い出す。

ドレスからラフな格好に着替え、髪を後ろでまとめたサシャは、昨日、王女として来たサシャとは別人に見え、パーティー時代に戻ったようでなんだか安心する。


「……私の心はどんより曇ってますけどね」

洗濯するサシャの後ろでレイアが恨めしい目で洗濯物を眺めていた。

最初ここに来た時にレイアも洗濯にチャレンジしたが、力加減ができず、服をボロボロにしてしまった。以来、家事は基本、全部俺がしていたのだが……

「おいで、レイア。洗濯教えてあげる」

「い、いいのですかっ」

「もちろん。女の子なんだから洗濯くらいできないとね」

レイアの顔がぱっ、と明るくなる。

二人して俺の洗濯物を洗う光景になんだか少し照れ臭くなる。

そんな俺を見て、サシャが小さな声で呟いた。

「レイア、ちょっとアリスに似てるね」

そういえばヌルハチも同じようなことを言っていた。

「そうだな、なんだか懐かしいな」

あの頃、手間のかかるアリスの面倒は、主に俺とサシャが見ていた。

「アリスが子供で、タクミと私がパパとママみたいだったよね」

「ぶっ、そ、それはちょっと飛躍しすぎというか、なんというか」

「ヌルハチとバッツがおばあちゃんとおじいちゃんで、リックがお兄さんみたいだったな。楽しかったよね、あのパーティー」

「そうだな、ヌルハチが聞いたら激怒しそうだが、楽しかったな」

サシャやアリスと一緒に冒険していた時のことを思い出して自然と笑みがこぼれる。

「サシャ殿、これでいいのですかっ。なんだか、どんどん小さくなっているようですがっ」

「ああっ！　ダメだよっ！　破れてる、破れてるっ！」

また穏やかな日常に戻ったように錯覚してしまう。

だが、タクミポイントから始まった騒動はまったく何も解決していなかった。


「私のものになりなさい、タクミ」

サシャがそう言った時、円卓に座ったまま、俺は固まっていた。

タクミポイントによる結婚は確か、56億7千タクミポイントだったはずだ。100億ポイントを持っているサシャにはお釣りが出るほど簡単なお支払いだ。

長い沈黙の中、サシャはずっと俺を見つめていた。

「……本気なのか？　サシャ」

その質問にサシャは答えなかった。

答えるかわりにサシャは椅子から立ち上がって、俺に近づいて来る。

ごくり、と息を飲む。

座っている俺を見下ろす形になったサシャが、さらに顔を近づけてきた。魔王にキスされた時のことを思い出し、回避しようとしたが、ぐっ、と後頭部を掴まれた。そのままサシャは俺の耳元に顔を近づけて小さな声でつぶやく。

「抱きしめて、キスをして。フリでいいわ。部下の中に敵国のスパイが紛れてる」

（えっ⁉）

どうやらここはサシャの指示に従った方が良さそうだ。

叫びそうになるのを我慢して、俺は椅子から立ち上がり、恐る恐るサシャを抱きしめた。

「ぎゃーーっ！　あかんあかんあかんあかんっ‼　うち、もうドラゴン最終形態なってまうわっ‼」

「……私はもう神を降ろす気にもなりません……」

レイアががっくりと肩を落とし、崩れ落ちる。

「ちょっ、レイアっ！　短剣取り出して何してるんっ⁉」

やめて。すぐ切腹しようとするの、ほんとにやめて。

いつもならすぐに飛び出してくるクロエやレイアも、タクミポイントのせいで為す術がなくなり、パニックになっている。

切腹はクロエがなんとか止めてくれたみたいだが、後からちゃんと説明しよう。

俺が止めに入ってたら心中みたいになってたよ。

誰にも見えない角度で、サシャを包み込んで、キスのフリをする。

フリだというのに、心臓がばくばくとうるさい音を立て、サシャの背中に回した腕にぎゅっ、と力が入る。

その時だ。

パシャ。

円卓から少し離れた草むらの影で何かが光った。

「激写砲術（パパラッチ）ですっ！　サリア様っ！」

ナナシンさんが腰に帯刀していた短剣を草むらに投げ放つ。

同時に草むらから物凄いスピードで影のようなものが飛び出した。まるで空中を走っているように影が走っていく。

「っ⁉　隠密っ！　東方の忍者かっ！」

「まって、ナナシンっ。追わなくていい」

「よろしいのですか？」

「ええ、正体がわかればそれでいいわ。隠密を雇える者は限られている」

サシャが俺の腕の中から離れる。

「今のがスパイなのか？」

「まあその一人ね。下っ端の諜報員でしょう。たぶん、まだまだ紛れ込んでるわ」

部下達の中にそんなにスパイがいるのかっ！

事態がよくわかってないクロエとレイアがぽかん、とした顔でこちらを見ている。

「心配しなくても無理矢理結婚して、なんて言わないわ。偽装よ。とりあえず、タクミはルシア王国のものになったと噂になれば、他の国は手を出してこないでしょう」

そう言ってサシャは二人に向かって微笑んだ。


結局、サシャはタクミポイントを結婚には使わなかった。

ただ一億ポイントで交換できるタクミ洞窟一日お泊り券を大量に使い、ナナシンさんと兵士達が帰還する中、一人だけこの場に残る。

クロエとレイアはまだ少し警戒しているのか、少し離れたところから俺とサシャを見ていた。

「しばらくお世話になるわ。今回の騒動を引き起こした黒幕を見つけるまでね」

「黒幕？　タクミポイントはアリスが考えたんじゃないのか？」

サシャがゆっくりと首を振る。

「タクミポイントは不正を行えないように、魔法により細かく管理されている。アリスがそんなシステムを考えられると思う？」

確かにそうだ。細かい計算もできないアリスがそんなものを考えるとは思えない。

「ずっとタクミの前に姿を見せなかったアリスが、どうして大武会に参加したと思う？　水面下で何かが動いていると感じなかった？」

大武会での違和感は、やはり間違いではなかった。俺を最強と勘違いさせるために何者かが動いている。そんな風に思っていたのだ。

「大武会、いえ、もっと前から計画があったはずよ。綿密で壮大な計画。きっとタクミとアリスを利用して誰かが何かを企んでいる」

え？　今度は俺、一体何に巻き込まれるの？

もういっそ俺が切腹したいよ。

頭を抱える俺を無視して、サシャが洞窟に泊まる準備を始めている。

「ベッドはさすがに入らないわね。あっ、歯ブラシ忘れちゃった。あとでナナシンに送ってもらわないと」

なんだか、ちょっとはしゃいでいるように見えるのは気のせいだろか。

「なんかあの女、鼻歌歌ってへんか？」

「はい、ハッキリと聞こえます」

「どこに寝るんや今日」

「私の時はきっちり境界線を引かれました。先輩として私より近い位置は許しません」

サシャを見ている二人から不穏な空気が流れている。

「しかし、サシャ、国のほうは王女がいなくて大丈夫なのか？」

「大丈夫よ。代わりを置いてきたから」

「代わり？」

実に十年ぶりにその名を耳にする。

「ヌ・ルシア・ハシュタル・チルト。初代ルシア王国女王よ」

それは大賢者ヌルハチのフルネームだった。

5　ヌ・ルシア・ハシュタル・チルト

「パーティーメンバーを増やそう」

俺が冒険者になり、ヌルハチと二人でしばらくパーティーを組んでいた時にそう言われた。

ギルド試験に落ちた俺をギルドランキング一位のヌルハチが無理矢理合格にし、なんとか冒険者になれたのだが、そんな落ちこぼれの俺とパーティーを組む者は、一人もいなかった。

ギルドの級(ランク)はS級(ランク)からE級(ランク)まであったが、俺だけさらに下のF級(ランク)に認定される。後で聞いた話だと、バルバロイ会長が愚者(フール)のFOOLからとったFらしい。

もちろん、ランキングは圏外の最下位。一人では最低のクエストも受けることができなかった。当然、そんな最下位で役立たずの俺とパーティーを組む者はいない。

冒険者にはなれたが、俺はいきなり途方に暮れていた。

「仕方ないな。ヌルハチがパーティーを組んでやろう」

再び、俺に救いの手を差し伸べるヌルハチを最初は女神のように思っていた。

だが、それは大きな間違いだった。

【クエストランク　AAA（トリプルエー）　サラマンダークイーンの討伐】

ヌルハチが受けたクエストを見ただけで、ふっ、と気絶しそうになる。

「え？　これが俺の初めて（デビュー）のクエスト？」

「うむ、まあ最初だからな。少し軽めのクエストにしておいた」

「冗談だよな？」

「ヌルハチは冗談を言わん」

確かにその通りだった。

ヌルハチが受けるクエストは、どれも過酷な伝説級のクエストで俺は毎回死にかける。

敵の攻撃だけではなく、ヌルハチの魔法の巻き添えにもなった。

「ふむ、思った以上にひ弱だな。ヌルハチだけでは守りきれん」

ズタボロの俺を見て、ヌルハチはパーティーメンバーを増やすことに決める。

できれば仲間よりも、もう少しクエストを手加減してほしいと心の中で泣き叫んでいた。

仲間を増やすと言っていたので、ギルド協会本部に行くと思っていたが、ヌルハチが俺を連れてやって来たのは、予想外の場所だった。

「ヌルハチ、なんでルシア王城にやってきたんだ？」

だが、ヌルハチはその質問に答えず、スタスタと、門番の前まで歩いていく。

ヌルハチを見た途端に門番は仰々しく敬礼し、城門を開けた。

「どうした？　早く来い、タクミ」

慌ててヌルハチについて行く。

どうやら、ルシア王国とヌルハチは何やら関係があるようだった。


初めて入る城の中は絢爛豪華で何もかもが輝いて見える。田舎者の俺はあたりをキョロキョロしながらヌルハチの後をついていく。

煌びやかな赤い絨毯の長い渡り廊下を歩いていると、壁に肖像画が並んでいるのを発見した。肖像画の下に記された文字を見るとすべてにルシアという名前が入っている。どうやらこの絵は歴代の女王の肖像画のようだ。

奥に進むにつれて、肖像画の絵はだんだんと古くなっていく。

そして、最後の一枚……

「これ、ヌルハチだよな」

今と変わらない若い姿のままのヌルハチの絵がそこにある。

そこに記された名は『初代女王ヌ・ルシア・ハシュタル・チルト』だった。

「この国の、最初の女王だったのか？」

「正確には違う。元のルシア王国を滅ぼして乗っ取っただけだ」

さらっ、と恐ろしいことをヌルハチは言ってのけた。

それから長い廊下を抜けると、吹き抜けの大きなフロアになっており、中央に登り階段が続いていた。

その先には銀色の鷹が描かれた豪華な両開きの扉があり、左右に銀の鎧を着た兵士が待機している。

ヌルハチが階段を登っていくと、兵士がその扉を開けた。

部屋の奥には玉座があり、そこには美しい女性が優雅に座っていた。

肖像画で見た一番新しい絵の女性。

つまり、それは現ルシア王国の女王だった。

「お久しぶりですね。ヌ・ルシア・ハシュタル・チルト様」

女王が立ち上がり、ヌルハチに頭を下げる。

「ヌルハチでよい。堅苦しいのは好かん」

「わかりました、ヌルハチ様。今日はどの様なご用件で？」

落ち着いた品格漂う女王に対し、ヌルハチのほうが年下に見えてしまう。

実際は何千歳もヌルハチのほうが年上なのだが。

「パーティーメンバーを探しに来た。防御、回復、危険察知に優れた者が望ましい」

「あら、どれもヌルハチ様には必要がなさそうなのですが……ああ、そちらの方のために必要なのですね」

女王がニヤニヤとしながら、からかうように話す。

ヌルハチは、後ろにいる俺のほうをちらっと見てから、すぐに女王に向き直った。

「くだらないことを言った歴代の女王が次の日引退したこともあったな」

「あらあら、あまり触れてはいけないみたいですね。わかりました。すぐにご用意致しますわ」


数分後、三人の男女がやって来る。

黒い鎧を着た騎士、お淑やかで綺麗なシスター、鎖に繋がれた囚人、三人ともなかなか強烈な個性を持っている。

「騎士団長リック、僧侶サシャ、大盗賊バッツです。それぞれ、防御、回復、危機察知に特化しています。お試しになられますか?」

ヌルハチが三人を一瞥(いちべつ)した後、首を振る。

「いや、十分だ。申し分ない。だが、本当に連れて行って良いのか?」

「ええ、ヌルハチ様なら安心して預けられますわ」

俺は騎士団長や大盗賊を連れて行くことをヌルハチが懸念したのだと思っていた。

「わかった。この三人、貰っていく」

サシャが女王の娘など、この時は知る由もなかった。

「ヌルハチが初代女王の権限で、サシャを連れ出したんだな」

「そうね、懐かしいわ。あの頃、色々あって修道院に入れられてたのよ」

翌日、洗濯を終えたサシャが昼ごはんの仕込みをする俺を手伝ってくれている。

料理のできないレイアが、離れたところから、悔しそうにこっちを見ていた。

「どうして、修道院に？」

「内緒よ。まあ修道院も逃げ出したところだったんだけどね」

何をやらかしたんだろうか。気にはなるが、聞いてはいけない雰囲気に、これ以上は質問できなかった。

「そういえばリックは？　こっちに来ないのか？」

パーティー時代、全くそういう素振りを見せなかったので、気付くことはなかったのだが、今思えば、ルシア王国騎士団長のリックは、サシャの護衛としてパーティーについて来たのだろう。

「リックは来ない。いえ、来られないわ。大武会の後、ずっと行方不明なの」

「えっ!?」

そういえば、勇者エンドとの試合の後、一度も姿を見ていない。

「ずっと前からリックに頼んでいたの。タクミやアリスに近づく怪しい人物がいないか見張ってほしい、と」

「……そのリックがいなくなったのか」

サシャが神妙な顔でうなづく。

リックは黒幕の正体を掴んだのだろうか？

少なくとも何かに巻き込まれたのは間違いない。

「俺にできることはあるか？」

「大丈夫、ここで私とイチャイチャしてくれるだけでいいわ。私がタクミと結婚したという噂が広まれば、黒幕は必ず、自分の目で確かめにくる」

そう言ったサシャの上目遣いが、妙に色っぽく感じてしまうのは気のせいだろうか？

そして、後ろで見ているレイアからは尋常でない殺気がダダ漏れしている。

サシャと結婚したフリをしてイチャイチャして過ごす。

俺にとって、それは史上最大、ＳＳＳ(トリプルエス)級(ランク)のミッションだった。

閑話　大武会・アリス大戦　1【マキナ】

大武会の勝敗はどうでもいい。戦闘データを取って来い。

ソレがジブンの使命だった。

機械の身体を維持するにはとにかく金がかかる。だから金回りのいい仕事はなるべく受けることにしていた。ソレがどんなに汚れた仕事でもだ。

魔族である闇王アザートスとの試合。まだ十分に戦う力は残っていた。しかし、これ以上は身体に負担がかかり過ぎた。右目に搭載されたカメラを壊され、依頼をこなせなくなっては元も子も無い。

十豪会(じゅうごうかい)、そしてこの大武会で収集する最重要データは二つ。

タクミとアリス。

その他の戦闘データに比べて謎に包まれたこの二人のデータは、破格の値段がついていた。

今、撮影している大武会の最終決戦が、詳しいデータを調べる最後のチャンスとなるだろう。


「ミアキスっ、突撃しますにゃあああっ！」

猫型の魔族、獣人王ミアキスがアリスに向かって突撃する。

ザッハ、ダガンとの戦闘でミアキスのデータ収集は大体把握している。

力、スピードはトップクラスのS。

体力A魔法B特殊能力SS。

総合評価S。

注目すべきはその動体視力だ。ダガン戦で弾丸を口に咥えたことから、高速で向かってくる弾丸ですら止まって見えるのだろう。

凄まじいスピードでアリスに突進するミアキス。

獲物を狙う猫のように、ミアキスの瞳孔がきゅっ、と縦に細長くなった。

アリスがどんな攻撃をして来ても、避ける自信があるように思えた。だが……

どんっ、と地響きのような重低音がした。

同時にミアキスが突進した時の何倍ものスピードで、逆方向に吹っ飛んで行く。

舞台に立っているタクミの横を通過して、控え室に激突し、爆発したように弾け飛んだ。

そのままミアキスはぴくりとも動かない。

これほどまでかっ⁉

戦慄が背中を突き抜ける。

かつて、これまでの恐怖は感じたことがない。

アリスはただ飛んできたハエを払うような動作で、軽くミアキスを叩いたように見えた。

その動作がミアキスのすべてを超えていた。実力の一部も見せていないだろう。

底が見えないだけではない。それは誤動作といっていい程の小さな変化だった。

相手の強さを測る計器がミアキスを攻撃する間に変化していた。

「バカ、ナ……」

思わず声に出してしまう。

信じられないことだが、アリスはこの瞬間にも強くなっているのだ。

そして、もう一つ。

舞台の上にいる魔王リンデン、大賢者ヌルハチ、残り二人の四天王（ドグマは除く）である闇王アザートスと吸血王カミラ、その四人の体温、発汗、心拍数の急激な変化を探知した。

圧倒的なアリスの強さに、四人とも激しく感情が乱れている。半分機械のジブンでさえ動揺し、様々な器官が異常な数値を示していた。

だが、その中でただ一人だけ、まったく平常心のまま、舞台に立っている男がいた。

宇宙最強タクミ。

体温、発汗、心拍数、全てがまったく変わらない。

十豪会、そしてバルバロイ会長戦でもそうだった。

まるで、今起きている出来事が自身に関わることではなく、演劇を遠く外から眺めているような、そんな感覚でいるようだ。

たとえ、自分がどんなに最強と自負していても、アリス程の力を目の当たりにすれば、なんらかの反応を示すはずだ。

だが、タクミにはまったくそれがない。

まるで、そんなことには興味がないように、アリスのほうをただ見つめている。

ばちん、と右のコメカミから何かが弾けた。

相手の強さを測る計器の一つがエラーを起こす。

アリス以上の脅威をタクミから感じた。

ジブンにとって、目に見える強さはやがて科学の力で超えられるものだと信じている。

だが、タクミを見ていると、たとえ何億年後の未来でも倒すことなどできないような、そんな得体の知れない不気味な強さを感じてしまう。

「アザートスっ。闇夜をっ！」

「承知した」

残った四天王（ドグマは除く）のカミラがアザートスに向かって叫ぶ。

同時にアザートスを覆っていた闇が拡散し、中空に広がっていく。

カミラの力が爆発的に跳ね上がった。牙が伸び、髪は逆立ち、瞳が紅く光る。

吸血鬼の真祖であるカミラは、昼間は夜の半分くらいの力しか出せないと聞いていた。しかし、半分どころではなかった。今のカミラの戦闘力はクロエ戦でのデータ数値を遥かに上回る。

「久しぶりに昂ぶるわ。リベンジって燃えるわね」

「そうだ。自分を破壊する一歩手前の負荷が、自分を強くしてくれる」

タクミを間に挟み、アリスとカミラ、アザートスが対峙する。

それでもタクミは微動だにしない。

タクミの左右からカミラとアザートスが同時にアリスに向かって飛び出した。

どんっ、どんっ、と今度は二つの重低音が重なって響いた。

カミラとアザートスが、巻き戻しをするかのように、タクミの左右を凄まじいスピードで吹っ飛んでいく。

これほどの高速で、自分の横を二人が通過してもタクミは眉一つ動かさない。

もはや立ったまま眠っているのではないか、そう思ってしまうほどだ。

二人はミアキスが倒れている控え室にまとめて激突し、四天王（ドグマは除く）はわずか数秒で全滅した。

これまでの強さの定義を覆（くつがえ）すアリスの力に震撼する。

そして、それ以上に驚愕した。

魔王でさえ、大賢者でさえ、その鼓動が聞こえてくるほどに、心臓が激しく脈打っているというのに、何事もなかったようにタクミがアリスに近づいていく。

「久しぶり、アリス。大きくなったな」

ばくんっ、という激しい音はタクミの心音でなく、アリスから聞こえてきたものだった。

表面上は何も変わらないアリスだが、タクミの一言だけで、その中では激しく動揺し、取り乱している。

これほどの力を持つアリスでさえ、タクミにはまるで敵わないと思っているのか!?

不可能だ。

ジブンにはタクミの力を測ることはできない。その強さのほんの片鱗（へんりん）を覗くことすら、許されない。

破格の報酬だったが諦めざるを得ない。これ以上の詮索は命に関わるかもしれない。

そう思った時だった。

これまでアリスのほうをずっと見ていたタクミが突然ジブンのほうに振り向いた。

驚きのあまり、一瞬、すべての機能が停止する。

ジブンを見るタクミの視線は、まるであらゆるすべてを見透かしているように思えてしまう。

『よくわかったな、その通りだ』

十豪会(じゅうごうかい)で、バルバロイ会長戦で、聞いたあの言葉が聞こえたような気がした。

「ヒッ」

思わず声をあげ、逃げようとする。

身体が思うように動かず尻餅をついた。

必死に地面を這いずり、少しでもタクミから離れようと足掻(あが)く。

まだ死ぬわけにはいかない。

いつか、この残った左半身の醜い人間部分を切除し、醜い感情や醜い思い出を全て消し去らねばならない。

完全なる機械の身体となることが、ジブンに残された最後の望みなのだ。

タクミのファイル全てに『未知(アンノウン)』と書き込んで、すべての任務を放棄した。

一章
デウス博士の襲来

1　強襲の来訪者

「これは何ですかっ。鶏肉の中にお米が入ってますっ」

夕食に出した料理にレイアが衝撃を受けている。

鶏肉のお腹の中に、お米と少量の野菜を詰め込み、ローストするこの料理は、俺の得意料理の一つだった。サシャがやって来た記念に、昨日から仕込んで気合を入れて作ったのだが、どうやら上手くできたようだ。

「ふふっ、懐かしいわ。冒険者時代、大きなクエストを達成した時に、いつも作ってくれたわね」

サシャも嬉しそうに食べてくれている。

「……私が来た時は、作ってくれませんでしたね」

さっきまで明るい表情だったレイアがどんよりと落ち込んでいる。

「ち、違うぞ、レイア。あの時は収穫前で米が無かったんだ」

「そ、そうですかっ。そうですよねっ。タクミさんは私の時も大歓迎でしたものっ」

いや、むしろ大迷惑だったけどね。

しかし、そんなことを言ってしまったら、また腹を切るとか言いそうなので黙っておく。

そんな俺とレイアのやりとりをサシャはにこやかに眺めていた。

冒険者時代は王女と知らずに一緒にいたが、王女と知ってしまうとなんだか緊張してしまう。フリとはいえ、こんな汚い洞窟で新婚生活を送っていて良いのだろうか。

夕食の片付けが終わるとレイアが洞窟の床に刀の鞘で必死に線を引いていた。

昨晩から寝るときは、洞窟の入り口からレイア、俺、サシャの順に三つのエリアに分かれていた。

「あれ？　ここが私の位置ですか？　昨日よりもタクミから離れているような気がするのですが」

ちょっと目を離した隙に二人の間に不穏な空気が流れている。

「昨晩、寝ているタクミさんの顔にギリギリまで近づいて見ていたでしょう。あの距離感は許せません」

「何を言うのやら。あなたこそ、至近距離で見ていたではありませんか。もっともタクミは私のほうを向いて寝てくれていましたけどね」

「ふ、ふんっ、タクミさんは好意を持つ者に後頭部を見せる癖があるのだっ」

そうそう、俺は好きな娘に後頭部を向けて寝る性癖が……

って、そんな特殊な性癖はないっ！

しかし、寝ている顔を覗くとか二人ともやめてほしい。そんなことを知ったら、これからゆっくり眠れないじゃないか。せめて、寝るときくらいは安らぎを与えておくれ。

「じゃあ、あなたもここから入らないでくださいね。これで同じ条件です」

サシャがぐりぐりと足で線を引いている。

王女がそんなはしたないことしちゃいけません。

レイアに挑発されて、サシャは口調まで変わっている。

洗濯を教えていた時の和やかな雰囲気はどこにいってしまったんだ。

「馬鹿なっ。そちらのほうが二センチも近いではないかっ」

「ふざけないでください。まだそちらのほうが近いくらいですよ？　文句がおありなら、交代しましょうか？」

「駄目だっ。私には侵入者からタクミさんをお守りする義務があるっ」

とりあえず、収まりそうにないので俺が線を引きなおす。

「ああっ！　さらに離れてるじゃないっ、タクミっ！」

「ひどいですっ、タクミさんっ！」

「喧嘩した罰だ。今日はこれで寝るぞ」

二人からのブーイングを無視して布団を敷く。

少しでも離れていないとこちらが落ち着かない。今夜は右も左も向かずに上を向いて寝ようと心に誓った。


深夜、目が冴えて眠れず、洞窟の天井を眺めていた。

昨日遅くまで起きていたのだろう。レイアとサシャは二人とも静かな寝息を立てている。起こさないように、そっと洞窟の外に出る。

昼間よりもかなり寒い。持ってきた分厚い毛皮を慌てて身に纏う。真っ白な息をはきながら、洞窟前の大きな岩の前まで歩いていく。そこに腰掛け、夜空を見上げると今にも落ちてきそうな星々が一面に広がっていた。

一人でいた時は眠れない夜、よくここでこうしていた。

タクミポイントができるまでは、レイアだけではなく、チハルや魔剣カルナもいたし、クロエも頻繁に来ていた。さらに大武会前はミアキスやザッハ、リックやゴブリン王に勇者エンドまで滞在して大世帯だった。ここで一人、夜空を見上げたのは、もう随分と昔のような気がする。

そんなことを思いながら、物思いにふける。

タクミポイント。黒幕。行方不明のリック。

一体、誰が何を企んでいるんだろうか。

サシャは、俺とアリスを利用して、誰かが何かを企んでいると言っていたが、果たして本当にそうだろうか。

タクミポイントのことを色々と調べてみたが、そのシステムは非常に複雑で、大掛かりだ。魔法で細かく管理されているとサシャは言っていたが、多分魔法だけではない。魔法で上手く隠されているが、あらゆる所に監視する機器が仕掛けられている。おそらく科学が発達した南方サウスシティのものだろう。

さらに大武会で使われていた四神柱（ししんちゅう）やレイアの神降ろしに似た気配を機器から感じる。レイアの故郷、東方イーストパークも協力しているのだろうか。

魔法と科学、さらに神を宿らせることで、タクミポイントのシステムが作られているとすれば、とても一人の者が作ったとは思えない。

多くの者達、いや、多くの国が協力して作り上げたと考えるべきだ。

そして、このタクミポイント、一ヶ月の間、触れてみて感じたことがある。

大武会が終わった後、大会で有名になった俺の所に興味本意で民衆が大挙して押し寄せたが、見えない壁に阻まれるように洞窟に近づくことはできなかった。

もし、タクミポイントがなければ、毎日、多くの人達がひやかしに来ていたかもしれない。そうなれば、きっと俺はここから逃げ出して、また新しい場所を探すはめになっていただろう。

俺はタクミポイントに守られていることをはっきりと実感していた。

そして、それはどこか懐かしいような、そんな感じさえしていたのだ。

そんなことを考えている時だった。

「こんばんは、タクミ君」

そいつは突然、目の前に現れた。

白衣を着た眼鏡の男。背は低く、ガリガリで痩せこけているが、頭だけは大きくバランスが悪い。

まるで子供の身体に大人の頭を取り付けたような不気味な印象を受ける。

いつからここにいたのか？

いやどうやってここに来たのか？

タクミポイントを使って、洞窟の近くに来ることができるのは夜九時までのはずだ。普通なら、誰も近づくことができない。

男はゆっくりとその大きな頭を下げて、俺に挨拶する。

「はじめまして、タクミ君。ぼくの名前はデウス。デウス博士だ」

これまで出会った強敵達とは、まったく違った。

戦闘をすれば、俺でもギリギリ勝ててしまうくらい弱そうに見える。だが、デウス博士は、どんな強敵より、恐ろしいものをもっていた。

目だ。実験動物を見るように俺を見る目が、あまりにも無機質で、感情を全く感じない。

その不気味な目に背筋が凍った。

「ちょっと君の力を知りたくて、裏パスワードを使ってやって来たんだ。マキナの奴が情報をほとんどもってこなかったのは計算外だったからね」

俺の力を知るために？　裏パスワード？　マキナとの接触はほとんどなかったはずだが、彼女は俺のことを調べていたのか？

「だからぼくが直接、君を調べにきたんだ。マキナと一緒にね」

いつのまにか、デウス博士の後に、マキナが立っていた。しかし、そのマキナは十豪会や大武会で会ったマキナではなかった。

左半分の人間の顔に生気がなく、目が虚ろだった。まるで、残った人間の部分まで機械になったような、そんな印象を受けてしまう。まさか、デウス博士に何かされたのか？

「では、マキナ、これより実験開始だ」

「ハイ、ワカリマシタ」

デウス博士が気持ち悪い笑みを浮かべ、マキナが俺に機械の右手を向けた。

「殺戮モード開始。コレヨリ戦闘ヲ開始シマス」

パカっ、と右手首が上にひっくり返り、腕の内部から機関銃が顔を出す。

タタタタタタタ、と乾いた音と共に、マキナは俺に向けて銃弾をぶっ放した。

2 デウス博士の誤算

マキナの右手に設置された機関銃から発射された弾丸は、俺の足元にばら撒かれた。

「さすが、宇宙最強。一歩も動かないとは。マキナの攻撃が威嚇だと瞬時に判断したようですね」

銃口を突きつけているマキナではなく、その横にいるデウス博士が話しかけてくる。

いや、まったく反応できなかっただけですよ？

「そして、君の力なら一瞬でマキナを粉々に破壊することも可能だろう。だが、それをしないのは気づいているからなんだろう？」

うん、できるわけないからね。そして、特に気づいたこともありません。

「マキナの身体に、この山を跡形もなく吹っ飛ばすほどの爆弾が仕掛けてあることを」

え、ええっ⁉

あまりの驚きに声もでなかった。

マキナはそんな爆弾を仕掛けられているのに、まるでそんな素振りを見せない。やはり、デウス博士に何かされているのだ。

「さあ、今度は狙いなさい、マキナ。彼がどうでるか、非常に興味が湧く」

「ハイ、デウス博士」

マキナが返事をしている隙をついて、転がるように岩の影に飛び込んだ。

同時にマキナが構えていた機関銃を再びぶっ放す。

凄まじい銃声と岩が削れる音に、思わず耳を塞ぐ。

「目標ヲセンターニ入レテ、スイッチ、目標ヲセンターニ入レテ、スイッチ、目標ヲセンターニ入レテ、スイッチ……」

マキナは同じことを繰り返しながら、機関銃を撃ち続ける。完全に正気ではないことがわかったが、対抗手段はこれといって見当たらない。

さらに、マキナの隣では、デウス博士がメモを取りながら、ブツブツと独り言をつぶやいている。

「タクミ行動メモ、その31。通常時は強者のオーラを微塵(みじん)も感じさせない。岩影への避難動作もEランク冒険者並みだった。わざと弱く見せて油断させていると思われる」

見せてるんじゃなくて、本当に弱いよっ！　てかその31ってなんだ？　ここにきてからそんなに俺のデータ取ってたのかっ⁉

「タクミ行動メモ、その32。マキナに反撃しないことから、攻撃方法は拘束に適したものがないと判断する。どんな攻撃も、強力で手加減ができないため、マキナを破壊せずに手を出すことが不可能と思われる」

いやいやどんな攻撃も、貧弱すぎて手を出すことが不可能なんだよ。

「ああ、そうだ。仲間の助けを待ってるなら、諦めたほうがいいよ。ここには誰も来れないように空間をいじって完全領域遮断システムを作動させている」

これだけ騒がしいのに、レイアやサシャがやって来ないのはそのせいか。

「タクミ行動メモ、その33。爆弾による大規模な被害を考慮し、まったく攻撃してこないことから、仲間が傷つくことを恐れていると判断する。神降ろしレイア、サシャ王女のどちらか、もしくは両名とも人質の価値があると思われる」

いや、どちらかというと俺を人質にするほうが簡単なんだけどね。

「マキナ、ロケットランチャーであの岩を吹っ飛ばしなさい。防御力を測定したい」

「了解シマシタ。大虐殺（ジェノサイド）モード発動シマス」

まずい。もはや、俺一人でどうにかなる奴らではない。

そう思った時だった。

腰に巻いてある鈴がチリン、と音を立てる。

ヌルハチの転移の鈴。その鈴から光が溢れ、爆発したように広がっていく。

「大賢者の転移魔法ですか。面白い。ぼくの構築したシステムを打ち破れるかな？」

『警報（アラート）。侵入者ヲ確認シマシタ。コレヨリ侵入防止システムヲ作動シマス』

何もないところから機械音声が聞こえてくる。同時に周りの空間に無数の数式が浮かび上がる。なにかの計算をしているのか、それは、どれも理解不能な数字の羅列だった。

『計算カンリョウ。素粒子マデ分解サレタ物質ノ転送ヲ感知。逆転送ヲ実行シマス』

転移の鈴から出ていた光を取り囲むように、数式の渦が螺旋状に発生する。

それは急速に収縮していき、光と共に消えて無くなった。

『警報(アラート)解除。侵入者ヲ排除シマシタ』

チリン、となった鈴はもう光ることはなかった。

「ぼくの勝ちですね。大賢者ヌルハチ」

デウス博士が恍惚の笑みを浮かべている。

ヌルハチの転送魔法すら通用しないのかっ。こいつ、想像以上にヤバすぎるっ！

「対戦車用バズーカ発射五秒前、4、3、2……」

マキナが前屈みになり、右側機械の背中にあるロケットランチャーの発射口を岩に向けてくる。

絶対絶命の大ピンチだ。

「発射ッ！」

轟音と共に目の前の大岩が爆発する。

爆発の衝撃と共に、俺は為す術もなく吹っ飛ばされ……

……あれ？

全くの無傷だった。

目の前の大岩は粉々に破壊され跡形もない。だが、その代わりに別の何かが俺を守ってくれている。

そこに立っていたのは色の黒い女だった。

鋭い目が赤く光っている。ロングヘアーの髪は真っ白で、背は自分と同じくらいだ。頭にモウのよ

うな黒い角が左右対象に生えており、背中に巨大な黒い翼があった。さらに異様に大きな手には鋭く尖った爪が伸びている。胸には水着のような布地をつけているが、かなり小さくつるぺただった。

一瞬クロエと見間違う。だが、所々、細かいところが違っている。

そして、俺ははじめて見る彼女が誰だかすぐにわかってしまった。

「馬鹿なっ、あり得ない！　ぼくのシステムに全く感知されずに召喚したというのかっ⁉」

ずっと余裕の表情を浮かべていたデウス博士が初めて驚愕する。

「あり得ないっ、あり得ないっ！　タクミ行動メモ、その34っ。む、無詠唱、魔道具なしでの召喚を確認。か、完全領域遮断システムでも感知されずっ。嘘だっ、そんな馬鹿なっ！　たとえ、創造神といえど、ぼくのシステムを潜り抜けることなどできないはずだっ⁉」

うん、だって召喚していないもの。

最初から彼女はここにいたんだ。大武会以降、話しかけてもまるで反応がなくなっていた。まるで普通の剣に戻ってしまったように、静かにただ俺の腰で眠っていたのだ。

「タクミっ！　貴様は一体何者なのだっ！　科学をっ！　この世のすべてを根底から覆す者とでもいうのかっ⁉」

取り乱し崩れ落ちながら叫ぶデウス博士。

「タッくん」

久しぶりに聞く声に胸が熱くなる。

「いつもの言うたげて」

その言葉を初めて、人間の姿で彼女は言う。

それは頭の中に響いていた声とまったく同じ声だった。

「よくわかったな。その通りだ」

カルナと顔を見合わせ、声を出して笑いあう。

はじめまして、カルナ。

俺は心の中でそう呟いた。

3 解放カルナ対限界マキナ

「デウス博士、ドチラヲ攻撃スルンデスカ?」

「す、少し待てっ! 召喚された者のデータがわからないっ!」

突然のカルナ登場に、デウス博士はわかりやすくテンパっている。

「しゅ、種族、ブラックドラゴン。性別、女。タクミの仲間クロエと酷似する箇所が多々見られるが、一致率は62%、別人。これまでタクミとの接触はなし。データに該当する人物なしっ! そ、そこから予測される可能性は……っ!」

メガネの横に付いているボタンを押して、ブツブツとつぶやくデウス博士。

どうやら見た相手の情報がわかるメガネのようだ。

「ま、まさか、召喚ではなく、創造したのかっ!? 一瞬でクロエに似たドラゴンを創り出したとでもいうのかっ？　ち、父親が創造神という噂は本当だったのかっ⁉」

それは、真っ赤な嘘である。

何度も言うが俺の父は、普通の宿屋の親父である。

「くっ、仕方ないっ。マキナ、まずはあのドラゴン女から攻撃しろっ」

「了解シマシタ、デウス博士」

カルナは俺の前に立ったまま、両手を広げた。上を向いた手の平から黒く丸い玉が浮かんでくる。

マキナはカルナに向かって、機関銃を撃ちながら、さらに背中のロケットランチャーも発射する。

「全弾発射シマス。衝撃ニ注意シテクダサイ」

おびただしい数の弾丸と、ロケットランチャーの弾を前にカルナは全く動じない。

「邪龍暗黒吸球」

カルナの両手から出た黒玉が広がっていく。先ほど、ロケットランチャーから守ってくれたように、飛んできた弾丸やロケットは全てその中に吸い込まれていく。

「そんなんきかへんで」

カルナが両手を握りしめると弾丸を吸収した二つの黒玉がばんっ、と弾け飛ぶ。

バラバラになった弾丸の破片がパチパチと小さな花火のように舞い落ちる。

「ほな、お仕置きの時間といきますか」

「む、むぅ、小癪なっ！　マ、マキナ、ビームサーベルだっ！」

完全に敵を圧倒しているカルナ。ノリノリなんだろうか、背中の黒い翼がパタパタと動いている。

さらにそれと連動するようにお尻にある尻尾も……いや、違う、尻尾じゃないぞ。カルナのお尻に見慣れたものが付いていた。

魔剣ソウルイーターだ。

完全に魔剣から解放されたのではないのか？

柄の部分とカルナの臀部が繋がっていて、翼と同じように動いている。

だ、大丈夫なのか、これ。

「近接戦闘モード、始動」

マキナの右手がパタンと閉まり、今度は腰に装備していたビームサーベルを抜いて斬りかかる。

「はんっ、ぶっ壊したる」

カルナは握りしめた両拳をぴったり並べて前に出し、それをゆっくりと左右に開いていく。

ぶわっ、と握った拳の隙間から闇が溢れ出て、黒い剣が作られた。

「邪龍暗黒大剣」

完成された真っ黒い剣を横薙ぎに振るう。それを受け止めたマキナのビームサーベルが一撃で粉砕された。

マキナが折れたビームサーベルを見てから、デウス博士を見る。

「近接戦闘モード、終了シマシタ」

大ピンチにも関わらず、マキナには感情の起伏がまったくない。

「あ、あわわわぁ」

逆にデウス博士は明らかに狼狽(うろた)えている。

「ああっ、そうだっ。ま、待て、ドラゴン女っ！　マキナには爆弾がっ。この山を跡形もなく吹っ飛ばすほどの爆弾が仕掛けてあるのだぞっ！」

そうだった。

その設定すっかり忘れていた。

「カルナっ」

「大丈夫や」

カルナは右手で剣を持ったまま、左手から黒玉を作り出す。

「どんな爆発も吸収したるわ」

デウス博士の顔がさーー、と青くなる。

強い。封印が解けたカルナはこんなにも強かったのか。

「こ、こうなったらマキナのリミッターを解除してやるっ。三分くらい時間がかかるから、ちょっと待ってろよっ」

デウス博士がマキナの背後に回り、機械の部分をいじりだした。

これ、待たないで、解除する前に倒してしまったらいいのではないだろうか。

「なあ、カルナ……」

「あかんで、タッくん。相手が全力を尽くすなら、それに応えなあかん」

「あれ？　考えてることわかった？」

「なんとなく、伝わってくるねん」

カルナが嬉しそうにそう言った。

魔剣だった時の能力がそのまま残っているのか。

「くそう、予定外だっ。しかし、見ていろよっ。リミッターを解除したマキナの強さは、とんでもないんだからなっ！」

ちょっと半泣きになりながら、マキナのリミッターを解除しているデウス博士。

カルナの顔を見ると、ニヤリと笑いながら目を輝かせていた。まるで、おもちゃを与えられるのを待つ子供のようだ。久しぶりに戻った身体で暴れたくて仕方がないのだろう。

「リミッター装置、オープン」

デウス博士がそう言ったと同時に、機械であるマキナの右半身から光が飛び出し、空中に様々な数字が書かれているパネルが映し出された。

「パスワード入力。これよりリミッターを解除する」

デウス博士が空中の数字を素早く押すと、マキナの機械部分が燃え上がるように赤く染まる。

そして、大武会で闇王アザトースと戦った時のように、機械部分から、うねうねとチューブのようなものがはみ出し、マキナの人間部分を機械が覆い、全身すべてが機械化する。

あの時と違うのは、その機械全てが真っ赤に染まっていることだ。

「リミットブレイク・ラグナログモード発動」

プシュー、と紅いマキナの背中から熱風が吹き出した。

「ヤバイな、タッくん、ほんまに強いで、アレ」

全然ヤバそうに感じない嬉しそうな声を出すカルナ。

『ヴィィィイィィイッッッ』

マキナの口から出た言葉は、人間には発せられないような機械音声だった。

本気でヤバい。超怖い。

「いけ、マキナ。蹴散らしてこい」

ドンッ、という爆発音が聞こえた。

ただマキナがカルナに向かって突進しただけだった。

それだけで地面が爆発したように粉砕する。

マキナは人間の動きではあり得ない速度で、頭からカルナに突っ込んだ。

「邪龍黒層重盾」

カルナが左手にあった黒玉を変形させ、前方に大きな盾を展開する。

マキナはお構いなしに、そのまま頭から黒い盾にぶち当たった。

パァン、という弾けたような音と共にカルナの盾が弾け飛んだ。

それでもマキナは止まらない。

カルナの土手っ腹に人間魚雷のように激突する。

「ぐうっ、がぁあぁぁっ！」

俺の真横をカルナが通過して、そのまま遥か後方まで飛んでいく。

何かにぶつかったような音が聞こえたが、そちらを見ることができなかった。

目の前にいるマキナから目が離せない。

『フゥーーッ』

四つん這い状態になった赤いマキナの身体中から、煙がもれ出ていた。

オーバーヒート寸前の機械のようだ。明らかに限界を超えている。燃え上がるような機械のパーツは、今にも溶け出して融解しそうだ。

マキナが立ち上がり、今度は俺に襲いかかろうとする。

いつもなら慌てふためく場面だが、焦りはしなかった。

カルナが俺のことがわかるように俺もカルナのことがわかっていた。

カルナはあの程度じゃやられない。

「ガァアァアアアアアッッ」

カルナの咆哮が響き渡る。

マキナの動きが止まっていた。

あまりの存在感に、俺も背後を振り返る。

ドラゴン形態になったカルナがそこにいた。

クロエよりもひとまわり以上大きい。吠えた口からのぞく鋭い牙や、地面に食い込む長い爪も、クロエよりはるかに凶暴に見える。あきらかにカルナのほうが戦闘に特化していた。

「こうなったらもう手加減できひんで」

『ヴィィィィィィィッッッッァァァァア』

恐ろしい力を持った二人が再び激突する。

そんな中で戦いを傍観するデウス博士と目が合った。

もしかして、今、彼を捕らえれば、黒幕のことなど色々聞き出せるんじゃないだろうか。

ニヤリ、と笑いながら近づくと同じ歩幅だけデウス博士が後退した。

最強クラスの熱いぶつかり合いが行われる中、最弱クラスのしょぼい戦いがこっそり始まろうとしていた。

4　最強の戦い 最弱の戦い

それははじめて感じたものだった。

強者は強者を知る、そういう話を聞いた時、俺には関係ない話だと思っていた。

だが違った。

弱者は弱者を知る。

俺は目の前のデウス博士に最弱の空気を感じていた。

「二人きりのこの状況は想定外だろう、デウス博士。知っていることをすべて話してもらうぞ」

「ぐ、宇宙最強がぼくに力を使うというのか。や、やめておいたほうがいいぞ。ちょっと叩いただけでぼくにはそれが致命傷となるっ！」

堂々と惜しげも無く、自らの最弱ぶりをアピールするデウス博士。

やはり、彼は俺と同種の人間だ。

「大丈夫だ。そんなことにはならないだろう」

なぜなら俺の全力パンチは小動物さえ倒せない。

「いくぞ、デウス博士っ」

「ひぃっ」

子供のように腕をグルグル回してデウス博士に向かっていく。

必死に大きな頭を両手で守るデウス博士に、ポカポカとグルグルパンチが炸裂する。

「ひぃ、いた、いたた、た？　あれ？　そんなに痛くない」

俺の必殺パンチを耐えるとはっ。やるじゃないか、デウス博士っ。

「タクミ行動メモ、その35。弱者との戦闘時は、相手に極度のダメージを与えないために、身体能力を低下させているものと思われる。手加減ができないと書いたその32のメモを訂正する必要がある」

パンチを受けながらメモを取るデウス博士。

あれ？　かなり余裕じゃないか？

もしかして俺より強い？

「そういうことなら、ぼくも全力を尽くして戦おう、タクミ君」

そう言ってデウス博士も俺に攻撃を仕掛けてくる。

両手がブンブン回っていた。

同じだ、俺と全く同じ攻撃だ。

ポカポカポカポカポカポカポカポカポカポカポカ。

二人でグルグルパンチの応酬を繰り広げる。

痛くない。痛くないぞっ。

子供の喧嘩以下の決定打のない不毛な攻防が続く。

しかし、初めて人と互角に渡り合うことに俺は少し、嬉しくなっていた。

「やるな、デウス博士っ。だが、負けないぞっ」

「タクミ君もやるではないかっ。ぼくも負けるもんかっ」

デウス博士も同じ気持ちなのか、いつしか二人とも笑顔で戦っていた。

そして、一方、後方では、カルナとマキナの凄まじい戦いが繰り広げられていた。

「邪龍暗黒大火焔っ!!」

『全方向殺戮砲ッ!!』

とんでもない爆発音と破壊音。

音だけで高次元の戦いだということがわかってしまう。

こちらの気の抜けたようなポカポカ音がちょっぴり恥ずかしい。

「やるやんかっ！　でも残念やな、もうそろそろガス欠ちゃうか？」

『ヴルヴルヴルヴルヴルヴルヴィッ！』

マキナの限界が近いのか、後方の戦いはクライマックスを迎えている。

一方こちらも。

「はぁはぁ、いい戦いだね、タクミ君っ。でも残念だ、もうそろそろ疲れてきたよね？」

「うん、めっちゃしんどい」

腕が重くてもう回せない。二人ともヘロヘロパンチに変わっていた。

「はんっ、まだまだやれるってか。ええわ、力尽きる前に決着つけたるわっ、いくでっ！」

『ヴルヴヴィヴルヴヴィヴルヴヴッ!!』

後ろで二人の力が爆発的に膨れ上がる。

そんな中。

「ちょっと、はぁはぁ、もうダメだ。一旦休憩にしよう。決着は後でジャンケンとかにしないかね、タクミ君」

「はぁはぁ、ナイスアイデアじゃないか、デウス博士、それ頂きだ」

まったく緊張感のないこちらの戦いも終焉を迎える。

「お前ら、なにしとんねんっ！」

カルナがツッコミながら、マキナに向かって突進する。同じく、マキナも足の裏から炎が吹き出し、ジェット噴射のように爆発し、カルナに向かって突っ込んで行く。

「うおりゃあああっ」

『ヴィアアアアアッ』

力と力が全力でぶつかり合い激突する。

弾け飛んだのはマキナのほうだった。

煙をあげながら、きりもみ状態で地面に突き刺さる。


「最初はグー、じゃんけん、ぽん」

「ぽん」

そして、俺とデウス博士の戦いにも決着がついた。


「おい、マキナ。こっちに来い。戦いは終わった。ぼく達の負けだ」

俺とデウス博士、カルナとマキナ。

それぞれの戦いが終わった後、マキナは正気に戻っていた。

「大丈夫だ。タクミ君とは和解した。これから彼の洞窟に向かう。え？　近づきたくない？　『よくわかったな、その通りだ』が聞こえてくる？　何を言ってるかよくわからんぞっ」

デウス博士によると、マキナには感情をコントロールする装置が取り付けられていたが、カルナの最後の一撃でそれがぶっ壊れてしまったらしい。

「大武会で、君の戦闘データを調べさせてから、ずっとこんな調子なんだ。まったく、恐ろしい男だよ」

うん、全く身に覚えがない。

何故、そんなことになってしまったのか。

「まあ、マキナが落ち着くまで、ここで話をしてもらう。勝負は俺の勝ちだった」

「ふっ、生まれてはじめてジャンケンに負けたよ。君の思考はまるで読めない。計算は狂ってばかりだな」

勝手に深読みして自爆するデウス博士。

何も考えずにチョキを出した俺の勝利だった。

「まずは、誰の依頼で俺のことを調べているか、だ。お前の雇い主は一体誰なんだ？」

「ふむ、隠すつもりはないのだが、本当の雇い主はわからんのだよ。頼んで来たのは、南方サウスシティの権力者だが、その者も依頼を受けたに過ぎない」

「そんな権力者に依頼できるのは、かなり限られているな」

「そうだね。ここからはぼくの推測だが、黒幕は恐らく、ルシア王国の権力者だ」

サシャが言っていたことと一致する。

やはり、ルシア王国の中に、黒幕が潜んでいるのか。

「まあ、ぼくは依頼とは関係なしにタクミ君に興味があってここに来たんだ。宇宙最強という研究材料はあまりにも魅力的だったからね」

うん、もうやめてね。その研究、時間の無駄だから。

「しかし、君は不思議だね。純粋に強いだけならいつか科学の力で超えることができるだろう。でも、君からはそれとは別の、メモにも書けないような計り知れない強さを感じるよ」

なんだろう、それ。できればそれこそメモに書いて教えて欲しい。

「だからこそ、気をつけたほうがいい。君を中心に今、大きな何かが動いているよ」

いや、もう本当にやめて。大きな何かとか動かないで。

「タクミっ」

「タクミさーーんっ」

その時、俺を心配したサシャとレイアがこちらに駆けつけてきた。

どうやら、デウス博士の完全領域遮断システムが解除されたようだ。

「っ！　タクミ、どういう状況っ？　誰が敵なのっ？　この凶悪そうな奴っ？」

「クロエの偽物かっ！　確かに邪悪な力を感じるっ！」

「なんでやねんっ！　タッくん、コイツらシバいてもええか？」

平和な日常はまだ当分戻ってきそうになかった。

5　封印を解く鍵

「なんだ、これはっ！　米を三角にしたものに味付けして、焼いているのかっ。カリカリとして香ばしく、美味いではないかっ」

デウス博士がおにぎりを頬張りながら、感嘆の声をあげている。

結局、夜も遅かったこともあり、デウス博士とマキナを一晩泊めることになってしまった。翌朝になり、洞窟前の円卓でみんな揃って朝ごはんを食べる。今日のメニューは焼おにぎりと、鶏出汁スープだ。

「あと、お椀に入れて、この出汁をかけると、違った味が楽しめるぞ」

「おおぉっ！　素晴らしい！　なんというアイデアだっ！　こんな料理初めてだぞっ！」

昨晩、人を実験動物みたいな目で見ていた人物と同一人物とは思えない。子供のようにはしゃいでいる。

そして、デウス博士とは対照的にマキナのほうは、少し離れたところから、遠巻きにこちらを眺めていた。

「マキナも良かったら、こっちに来て一緒に……」

「ヒィッ」

ちょっと近づいただけで、怯え震えるマキナ。ここまで勘違いさせるほどのことをした覚えが全くない。

「ちょっと、タッくん、マキナ怯えてるやんか。うちが持っていってあげるわ」

カルナが俺の持っている焼おにぎりを奪って、マキナのところに持っていく。

「大丈夫やで。なんもせんかったら怖ないからな。うちに任せとき」

「ア、アリガトウ」

全力で戦ったからだろうか。カルナとマキナに友情が芽生えたようだ。

動けなくなったマキナを円卓まで運んできたのもカルナだった。

「よし、ほなうちはタッくんにあーーん、で食べさせてもらおか」

「いや、なんでそうなるんだ?」

「昨日うちめっちゃ頑張ったと思うねん。あそこでうちが現れへんかったら、タッくん、困ってたやろ?」

「うっ、確かにその通りだが……」

「だから、うちにはあーーん、の権利があると思うねんっ！　はい、あーー、どぼぁっ！」

カルナの口の中に高速で焼おにぎりが放り込まれる。

「まだ、食べますか?　邪悪トカゲ」

レイアが焼おにぎり片手に威嚇している。

「もぐもぐ、やってくれるやないかっ、もぐもぐもぐ、レイアっ、もちろん、おかわりするわっ」

「こら、食べ物で遊ぶな、レイアっ」

「す、すみません、タクミさんっ。しかし、タクミさんのあーーんを求めるなど、あまりにも贅沢でっ」

「いいからみんなちゃんと座って食べろっ。大人しく食べないとおかわりなしだぞっ」

その言葉でようやくみんな落ち着いて円卓に座る。

「ふふっ」

そんな中、サシャだけは一人落ち着いてみんなの様子を眺めていた。

「賑やかな食事ですね。サシャ王女」

そんなサシャにデウス博士が話しかける。

「ええ、楽しいでしょう。王宮の堅苦しい食事とは大違い」

「ぼくも食事は単なる運動エネルギーの摂取だと思っていた。楽しむものだなんて、考えてもみなかったよ」

「ここでの生活は何物にも代え難い。だからね、もし、この場を壊すような者が現れたら私は全力で叩き潰すつもりです」

「なるほど、肝に命じておきましょう。二度とタクミ君に余計なことはしないと誓います」


朝食が終わり、サシャとレイアに片付けを任せて、俺とカルナで、デウス博士とマキナを見送る。

「じゃあな、デウス博士。もう、俺を調べるなんてやめてくれよ」

「残念ですが、諦めましょう。どのみち、今のぼくの力では君を計り知れない」

いや、すでにあの戦いで俺のすべてを出し尽くしたんだけどね。

「まあ、飯くらいならいつでも食べにきていいよ」

「ほ、本当かっ！　いいのかっ！　ありがとう、タクミ君っ！」

まあ唯一、本当の俺と互角の戦いができる貴重な男だからな。大切にしておこう。

「マキナもいつでもリベンジしに来てええで」

「……次ハ本当ノ自分デ挑マセテ貰ウ」

マキナとカルナにも、同じように友情が芽生えたようで、再戦の約束をしていた。

結局、マキナがどうしてそこまで俺に怯えていたのかは、最後までわからなかったが、まあ良しとしよう。何度か会えば、俺が人畜無害ということに気づいてくれるはずだ。


二人の姿が見えなくなった後、俺とカルナはサシャ達と合流して畑に向かう。

毎朝、ミアキスが畑の手入れをしてくれているので、お礼に朝食を届けるのが日課になっていた。

「タッくん、ちょっ、タッくん」

畑に向かう途中にカルナが、そでを引っ張ってきた。

何故か小声でモジモジしている。

「トイレか？　待っててやるから、そこの茂みで」

「ちゃうわっ、アホっ！　ちょっと話あるねん、ふ、二人きりで」

ふむ、どうやらサシャとレイアに聞かれたくない話らしい。

先を行く二人から距離を置いて、木の陰に隠れる。

「どうした？　なんの話だ？」

魔剣の時は内緒話もみんなの前でできたのだが、少し不便になってしまったな。

「いや、あのな。うち、この姿でいられるの後少しやねん」

「ええっ!?」

完全に封印が解けたのではなかったのか。

お尻に付いた魔剣を思わず見てしまう。

「せやねん、これな、かなり無理して出てきてるねん。大武会の時な、クーちゃんと入れ替わったやろ。そん時にな、魔剣に小さい穴があいてん。ほんまに見えへんくらい小さい穴やねんけどな」

「全く気が付かなかった。そこから魂が入れ替わったのか」

「ほんまは魂みたいな質量のないもんしか出入りできひん穴やと思う。それを無理矢理、身体を変形させて、ひねり出してる感じやねん」

聞いただけで大変そうだ。

ドラゴン形態になったり、人間形態になったり質量を変えることのできるカルナだが、そこまで小さい穴から出るのはかなりの無理をしているのだろう。

「少しでも力抜いたらまた戻ってしまうねん。だから、大武会から後、ずっと動かんと眠りながら力貯めててん」

「それで反応がなかったのか」

「せやねん、さみしかったやろ、タッくん」

そう言ったカルナのほうが少し寂しそうだった。

「いつか、もっと力を貯めたら封印は解けるのか？」

「……うちも最初はそう考えてた。でもちゃうみたいやねん。クーちゃんと入れ替わった時、穴があいたんは力やなかった。助けてやりたいっていう思いが小さな穴をあけたんやと思う。封印を解くのはきっと……」

それって、もしかして、ちょっと口に出すのは恥ずかしい例のアレなんだろうか。

「愛の力やと思うねんっ!!」

はい、言っちゃいました。

ドヤったわりには、顔が赤い。目線も逸らした。やっぱり恥ずかしいのだろう。

「た、たぶんな、姉妹愛で小さい穴なら、ちゃんとした恋人同士の愛やとでっかい穴あくと思うねん」

「おお、つまり、それはっ!?」

「素敵な王子様と相思相愛になって、チュウとかされたら、きっと封印もとけるはずやねんっ!!」

そう言ったカルナが目を閉じて、唇をタコのように突き出した。

そうなった時のシュミレーションだろうか。

「いつか、そんな相手が現れるといいな、カルナ」

さっきまで赤くなったり、タコになったり、コロコロと表情を変えていたカルナがすっ、と能面のような無表情になった。

「あれ？　どうしたカルナ、おいっ、大丈夫か？」

「……大丈夫とちゃうわっ！　タッくんの、あほっ！」

そう叫んだカルナから、ぶわっ、と黒い煙が溢れ出る。

「カルナっ!?」

「はぁ、完全復活だいぶ先になりそうやわ。タッくん、クーちゃんによろしゅう言うといて」

自身から出た黒い煙に包まれながら、お尻の魔剣にカルナが吸い込まれていく。

「助けてくれてありがとうな、カルナっ！」

最後にそう言うと、カルナはため息混じりに笑って言った。

「しゃーないな。まあ、気長に頑張るわ。覚悟しときや、タッくん」

完全に吸い込まれ、カルナはその姿を魔剣に変える。

「何を覚悟したらいいんだ？」

魔剣を握りしめ、話しかけても、もうカルナから反応はなかった。

また、しばらく力を貯めるために眠ったのだろうか。

『さみしかったやろ、タッくん』

カルナの質問に答えなかったことを思い出す。

「ああ、ちょっとさみしかったよ」

もう聞かれていないと思ってそう呟く。

すると、頭の中に久しぶりに声が聞こえてきた。

『ほんなら、たまに話しかけたるな』

ちょっと嬉しそうなその声に、俺も思わず微笑んだ。

閑話　大武会・アリス大戦　2【ヨル】

只者ではないことは十豪会の時からわかっていた。

神降ろしの一族は、生まれた時から感情を消す訓練を受ける。余計な感情を持つ者は、神を降ろせないとされていたからだ。

そして、その中でも一際目立つ程、レイアは完璧にすべての感情を消していた。

そのレイアがだ。タクミという男の前では、感情がダダ漏れになっていた。もはや、似たような顔の別人ではないかと思うほどの変わりように驚愕する。

それほどまでにレイアの価値観を変えた男に、私は戦慄を覚えていた。


タクミとアリスの力を調査せよ。

私が受けた依頼は実にシンプルだった。

断るという選択肢はない。レイアが起こした厄災で、もはや里に神を降ろせる者は存在しなかった。

どんな依頼でも受けなければ、我ら一族は滅びるしかなかったからだ。

因縁のあるレイアとの試合を全力で戦えないのは、狂おしいほどに悔しかったが、その感情を押し殺す。自らの神を失ってから、それでも死に物狂いで鍛えたのはレイアを倒すためではなく、一族を存命させるためだったからだ。

レイアとは、いつかまた再び……

っ!?

ほんのまばたきの刹那だった。

これまでアリスのほうをずっと見ていたタクミが突然振り向いた。

タクミの視線の先を確認する。

尻餅をつき、地面を這いずりながら、タクミから離れようと足掻くマキナがそこにいた。

「ヒッ」

私と同じ依頼を受けていたマキナが、だ。

気付いたというのかっ、マキナの視線にっ!?

あり得ない。マキナの偵察は私から見ても完璧に近かった。

右義眼に仕込まれた特殊高性能カメラで音も立てずに撮影していたはずだ。

一瞬だけ、マキナの方を振り向いたタクミが、再びアリスに向き直る。

私の全身から汗が吹き出し、身を包んだ黒装束が湿っていく。

私が気付かれるのも時間の問題か。しかし、マキナのように逃げ出すわけにはいかなかった。命を懸けて任務を遂行する。

それが神を失い、隠密となった私達に残された最後の道だった。

「四天王（ドグマは除く）は瞬殺か。さて、どうする？　ヌルハチ」

「不意打ちも魔法も通用しない。唯一、有効なのは、アリス自身の力を利用することだけだ」

魔王と大賢者がタクミの背後まで近寄っていく。

アリス、魔王、大賢者と規格外の三人に挟まれながら、タクミには一切変化がなかった。

「余に一つ、とっておきの作戦があるのだが」

「なんだ？　くだらない作戦は逆効果だぞ」

二人の会話は誰にも聞かれないよう、極小の声で話している。しかし、隠密の修行により唇の動きで会話がわかる私には関係なかった。

「余がタクミのファーストキスを奪ったことを言ってみるのだ。アリスは逆上して、攻撃は単調になるぞ」

「……それは、やめたほうがいい。下手をすれば、二人とも欠片すら残らんぞ」

「はっ、いいではないか。余は愛する者と口付けを交わした。ヌルハチは愛を告白した。この世になんの未練がある？」

「……ふん、確かにその通りだな」

二人の力が爆発的に膨らんでいく。それに呼応するかのように、アリスの力も膨れ上がる。凄まじい力の暴風が大武会の舞台を包み込んでいく。

そして、その中央に立っているにも関わらず、タクミは平然とただそこにいる。

たとえ、宇宙最強であったとしても、この状況に反応しないなどあり得ない。

最初から抜け落ちているのか？

感情を失くす訓練をしてきたからこそわかる。タクミには本来あるべき感情の一部が、最初から存在していない。感情をコントロールする術を身につけたものではないだろう。人間が本来持つべき生存本能や闘争本能というものがごっそりと抜けている。

神を失い、東方最強と噂される仙人に修行を乞うた時に、聞いた言葉を思い出す。

『海は自らの水を飲まない。

大地は自らの実を食べない。

太陽は自らを照らしはしない。

真に偉大な力は常に他人のためにある。

故に自身は何も得ることはなく、器には何も無い』

そう、タクミは大武会の舞台に上がりながらも、戦意を持たず、強大な力を自らのために使おうとはしない。そこには何の感情もなく、遥か上の高みから、アリス達三人をただ見ているだけなのだ。

限界ギリギリの状態で三人はその距離を少しずつ縮めていく。

それでも、タクミはまったく動じない。

そんな中、舞台の外から声が響く。

「レイア、みんな舞台に上がっとるっ！　行かへんのかっ！」

ドラゴン女がレイアに向かって叫んでいた。

確かに大武会二回戦を勝ち抜いた者達は、全員舞台に上がっている。この戦いの勝者が大武会の優勝者になることは間違いないだろう。

ドラゴン女の呼びかけに、レイアは舞台を、いや、アリスのほうをじっ、と見ていた。

なんだ、その顔はっ。

あまりにも変わってしまったレイアに私の抑えている感情までが、溢れ出る。

「アリス様が来られました。……私はもう何もできません」

「何言うてるんっ。タクミ殿取られていいんかっ」

レイアはアリスから目を逸らし下を向く。

唇の動きを読める私にしかわからない、か細い声でレイアが言った。

「……私は所詮、アリス様の身代わりなのです」

身代わり？

レイアはアリスがやって来るまでの、ただの仮初めだったというのか？

レイアの身体が、小刻みに震えていた。

その感情を私は知っている。お前が私に与えたものだ。

それは大切なものを喪失する、絶望という名の感情だ。

私から、いや、一族から全てを奪っておいて、タクミの前で喜びの感情を見せていることが、許せなかった。

絶望に打ち拉がれるレイアを見て溜飲が下がると思っていた。

それがどういうことだ。

これまでよりも、さらにイライラとした感情が膨らんでいく。

どうしてだ。なぜ動かない。

なぜ何もせず諦める？

違うだろう。貴様はずっと諦めなかった。

一族のすべてを奪い、忌子（いみこ）と呼ばれ、それでも強さを求め続けただろう？

いけ、戦え、そこは大切な場所だったんだろうがっ。

言葉には出さない。

だが、私の視線に気が付いたのか、レイアは虚ろな目で私のほうを見て、ゆっくり静かに首を振った。

「無理なんだよ、ヨル。アリス様は……」

レイアがそう言った瞬間だった。

雷鳴が落ちたような音が鳴り響く。

それはアリスが一歩前に足を踏み出しただけだった。

それだけで轟音とともに舞台はひび割れる。

「いま、なんといった？」

アリスの長く美しい金髪が天を突き上げるほどに、ぶわっ、と逆立った。

なんだ、これはっ！　人がこのような力を持つことがあり得るのかっ⁉　これまで見てきたアリスの力は、ほんの片鱗（へんりん）だったというのかっ⁉

あまりに巨大なその力は、もはや私に測れるようなものではなかった。

「聞こえなかったか？　タクミのファーストキスは余が頂いた」

「ちなみに、セカンドキスもヌルハチが頂いたぞ」

その言葉にアリスが獣のような咆哮をあげる。

レイアはその戦いを見ようともしなかった。目を閉じて、祈るような所作をとる。

わかっているのだ。

アリスに勝てるものなど存在しないということを。

いや、唯一、一人だけ、それを凌駕する者がいる。

一瞬即発のこの状況で平然と構える男、宇宙最強の男がついに動き出す。

タクミは右手を広げ、待てのポーズをとった。

それだけで、爆発寸前の三人の動きがピタリと止まる。

一体何をしようというのか。

会場が静まり返り、すべての視線がタクミに注がれる中、その口を開く。

「三人とも落ち着いて。日も暮れかかっているし、ちょっと休憩にしないか？」

ごそごそとゆっくりした動作で、腰に下げてあった袋から何かを取り出す。

「サンドイッチを作ってきたんだ。みんなで食べよう」

舞台の三人や私を含め、観客全員が大口を開けてぽかん、となる。

そんな中、クスッと小さな笑い声が聞こえた。

さっきまで絶望の表情をしていたレイアが目に涙を溜めたまま、笑みを浮かべている。

レイアが感情を隠せなくなった意味を知る。
あのような男の側にいて、そんなことができるはずがない。
私も同じだった。
本当は気づいていた。
任務の遂行が一族を存命させるためだけではないということを。
依頼を受けた時から、私はあの人のために任務を遂行したかったのだから。

二章
大盗賊バッツ

1　愛の大議論大会

デウス博士とマキナが帰ってから一夜明けた早朝、クロエがいつものように訪問していた。

タクミポイントはもう使い切ってしまっているようだが、どうやらサシャが代わりに立て替えているらしい。

「タクミ殿っ、カル姉の封印が解けたというのは、本当なのですかっ」

俺がカルナのことを言う前からクロエはそのことを知っていた。

「ああ、今はまた剣に戻ってるけど、一時的に復活していたんだ。どうしてそのことを？」

「古代龍(エンシェントドラゴン)のじいちゃんに聞きました。カル姉の封印が解けかかっている、と」

「そうか、会えなくて残念だったたな。クーちゃんによろしゅうって言ってたぞ」

「……そうですか」

カルナの封印は、古代龍(エンシェントドラゴン)に察知されているのか。

警戒しているのか。いや、心配しているのか。

「きっかけはクロエを守りたい気持ちだったらしい。封印解除の方法は力ではなく、愛だと言っていた」

「あ、愛ですか……」

クロエが赤くなりながら、腰にあるカルナをじっ、と見る。

黒いカルナがほんのりと赤くなったような気がした。

「愛で封印が解ける。いいわね。私も昔、そういうのに憧れてたわ」

サシャが朝食を運びながら話に入ってくる。冒険者時代、たまに作ってくれていた朝粥(あさがゆ)だ。今日は食事当番を代わってほしいと言われたのでお任せしてみた。

「冒険者を引退して王宮に戻った後、ずっと待ってたわ。ステキな殿方が私を奪いにやって来るのを」

何故か俺のほうをキラキラした目で見ながら話すサシャ。

得体の知れない強い重圧(プレッシャー)を感じて、目線を逸らして朝粥をすする。

うん、懐かしい。だが少し塩加減がたりない。あと一振り欲しいところだ。

「ええなぁ、そういうのっ！　うちも憧れるわっ！　並み居るドラゴン一族を薙(な)ぎ倒しながら、うちを奪いに来て欲しいわ」

興奮してドラゴン弁になるクロエ。

いや、そんな奴、絶対いないから。

サシャだけではなく、クロエまでキラキラした目で俺を見つめてくる。

重圧(プレッシャー)が倍になって押し潰されそうになる。もうすべての神経を朝粥に集中することにして、一心不乱に食べ続ける。そこへ……

「やめて下さい、二人とも。そんな陳腐(ちんぷ)な妄想をタクミさんに語らないで下さい」

さらにレイアが参戦してくる。

「ステキな殿方は王宮にも、ドラゴンの巣にもいきません。本当の幸せはすぐ近くにあることに気がついて、どこにも行かず、最愛の弟子と共に永遠に暮らすのです」

「なんやて、そんなん全然ドラマチックちゃうやんっ！」

「同感だわ。やはり、王道は禁じられた恋。愛し合いながらも、国に引き裂かれようとする二人、それでも運命はっ！　みたいなのがステキなのよっ！」

愛について三人がそれぞれの理想を語り出し、大議論大会が始まってしまう。ヤバイ。これに巻き込まれたら、えらいことになりそうだ。

朝粥を持ちながらこっそりとその場から逃げ出して、洞窟の外に出る。

『……相変わらず、モテモテやな、タッくん』

力を温存するため、一日数回しか話してこないカルナが呟いてくる。

『ちなみにうちはな、悪者に捕まって、それを助けに来てくれた時に、初めて愛に気づくみたいなシチュエーションが好きやねん。タッくんはどんなんがええの？』

そういうのは苦手なんだけどなぁ。

そう思いながらも、カルナと話せる回数は少ないので一応答えてみる。

「お互い好意を抱いているけど、それに気付かず生涯を終える、みたいなのがいいかなあ」

『は？　なんやそれっ？　始まらへんやんっ！　愛終わってしまうやんっ！　びっくりしたわっ！』

少し前までは自分一人が生きていくだけで精一杯だったし、誰かを愛したりなど考える余裕すらなかったしな。

『まあ、けどタッくんらしいな。でも死ぬ前に気付いてしまったらどうするん？』

「い、いや、そうなった時にしかわからないけど……」

今もそれどころでない事態に巻き込まれているし、こんな時に誰かを好きになってしまったら……

「きっと、気付かない振りをするんだろうな」

『なんでやねんっ！　それはあかんやろっ！』

あまり話せなくなると宣言したカルナがめっちゃくちゃ話してくる。大丈夫なのか？

『ま、まあ、うちにはバレてしまうからな。そうなった時は相談にのったるからな』

「はいはい、ありがとうな」

そこでようやく話が終わり、カルナが眠りについたと思っていた。

『……タッくん』

「あれ？　寝たんじゃなかったのか？」

『気いつけたほうがええで。見られてるわ』

慌てて辺りを見渡してしまいそうになるが、それをカルナが止める。

『動かんほうがええ。姿は見えへんし、どこにおるかわからへん。見事に気配を消しとる。たぶん偵察だけや、気付かんふりしとき』

「ああ、わかった」

『大丈夫、なんかあった時はまたうちが……』

そう言ってカルナが眠りにつく。

どうやらデウス博士に続く刺客は、すでに近くまでやって来ているようだ。

カルナに言われたとおり、何もないように朝粥をすすった時だった。

「さすがタクミさん、気がつきましたか」

「ああ」

洞窟からレイア達が出てくる。

やはり、レイアも気配に気がついているのか。

「幸せはすぐ近くにあるということに」

「違うよっ！　気がついたのはそれじゃないよっ！」

どうやら、まだ愛の大議論大会は続いているようだった。

「かなり離れた位置から偵察しているのでしょう。私でも気配が掴めません」

再び洞窟の中に入り、見えない敵について話し合う。

レイアでも掴めない気配なら、かなり熟練された偵察者が潜入しているのだろう。

「本来ならタクミポイントを使わないと、ここに近づくことはできない。それをせずに近づいたということは恐らく、昨晩デウス博士が侵入した時に紛れて、入ってきた可能性が高いわ」

「デウス博士と繋がっているのか？」

「恐らく別行動ね。デウス博士と話したけれど、彼に裏表はないと思う」

冒険者時代からサシャの人を見る目は確かだった。

そのサシャが言うのなら間違いないだろう。

「敵の正体がわからない以上、むやみに動かないほうがいいわ。このまま、作戦通り、私達が結婚していると思わせるしかないわね」

「しかし、偵察者を発見できないとなると、いつまで結婚の振りをしていいのか、わからなくなるぞ」

「そうね、タクミ、いっそ本当に結婚する？」

「なっ!?」

「何を言うのですかっ！」

俺のセリフに被せるようにレイアが叫ぶ。

「しっ、冗談よ、レイア。声を抑えて」

「む、ぐぅ。本当に冗談なんでしょうね、サシャ殿」

いや、レイアが腹を切りそうになるような冗談はやめてほしい。

「大丈夫よ。こんな時のために対策は考えていたわ。どれだけ気配を消そうが必ず見つけることができる索敵(さくてき)のスペシャリストを呼んでるの」

「索敵のスペシャリスト？　ルシア王国にそんな人物が？」

「いいえ、ルシア王国には裏切り者がいるかもしれない。ルシア王国とは無関係だけど、私が絶対の信頼を持っている人物よ」

ルシア王国と関係ない、索敵のスペシャリスト。

そして、サシャが絶対の信頼を寄せている者。

そんな者は、一人しか思い浮かばない。

「まさか、サシャ……」

「ええ、もうすぐ彼がここに来るわ」

冒険者時代の仲間、その最後の一人。

大盗賊バッツがついに動き出した。

2　大盗賊バッツ

最初、バッツに会った時の印象は最悪だった。

「なんだ、オイラの役目は子守なのかい」

大盗賊というから口が悪いのは仕方ない。

しかし、バッツは性格もねじ曲がっていた。

「まあ、何年か冒険者をやるだけで無罪放免になるからやるけどよ。いざとなったら見捨てるからな。貧弱な坊ちゃんよ」

悪態をつくバッツの本心に気がつくのは、そのいざという時だった。

ヌルハチ達とはぐれて、バッツと二人きりになった時に、岩山でホワイトファングの群れに囲まれた。二メートル近くある巨大な狼は、一匹でも勝ち目がないほどの魔物だというのに、数十匹が俺達を囲んでいる。

「気配はわかっていたが逃げきれなかったか、こいつら匂いで追ってきやがる」

「バッツ、一人だけならすぐに逃げられるだろ。ヌルハチ達を呼んできてくれ。俺はここで……」

全部言い終わる前に頭をぽかん、と叩かれた。

「ばっかじゃねえか。やめろ、その自分を囮にするみたいな発想を。いいか、そうやってオイラが生き残っても、かっこ悪くて生きていけないだろうが」

「いや、最初、いざとなったら見捨てるって言ってたぞ」

「こんなもん、全然いざじゃねえよ」

断言しておこう。

これ以上のいざは、滅多にお目にかかれない。

「まあ、のんびりとくつろいでな」

バッツは瀕死の重傷を負いながらも、ホワイトファングの群れを撃退した。

俺は傷一つなかった。

激闘の最中でも、バッツは常に俺のことを気にかけてくれていた。

サシャに治療を受けているバッツを心配して見ていると、舌打ちされた。

「おいおい、二人きりにさせろよ。これからサシャといい雰囲気になるところ……いたっ！　叩くなよ、サシャ。オイラ怪我してるんだぜ」

「じゃあ大人しく黙ってなさいっ！」

仲間のことなど気にしないふりをして、いつも悪態をついている。でも、一番仲間のことを気にかけているのは、いつもバッツだった。

「ありがとうな、バッツ」

「なんだよ、別に何もしてねえよ。新しい技を確かめたかっただけだからな。オイラを誰だと思っているんだ？　剛強無双の大盗賊バッツ様だぞ」

バッツがなぜルシア王国に捕まっていたのか。その真相は最後までわからなかった。バッツは本当のことを話したりはしない。

「国の財宝を盗みまくって豪遊してたんだよ」

それが嘘なのはわかっていたが、仲間達は信じたふりをしていた。

バッツはいい奴なのに、それを言われるのが嫌で悪ぶってる、そして、どんなに困難な状況も覆す力を持つ、そんな頼れる男だった。


「よっ、久しぶりだな。二人とも」

普通に毎日来ているようなそぶりで、バッツが洞窟に入ってきた。

バッツが来るということで、レイアには、畑のほうに行ってもらっている。久しぶりに会うので、最初は元のパーティーメンバーだけで話したかったのだ。

バッツは俺のことを最強と勘違いしていない。今や元パーティーの四人と魔剣カルナだけが、気兼ねなく話せる貴重な存在になっていた。

十年ぶりに見るバッツは少し老けていたが、その身体は活気に満ちていた。

バンダナに無精髭を生やすスタイルは冒険者時代と変わっていない。俺よりも十歳くらい年上の筈だから、もう四十近くになる筈だが、エネルギーに溢れ若々しく感じる。鍛え上げられた筋肉は、まったく衰(おとろ)えてはいないようだ。

「よくきてくれたわね、バッツ」

「なんだ、サシャ、かしこまって、らしくねえ。ちょっとは色っぽくなったじゃねえか。どうだ？　もうタクミとやっちまったのか？」

「やってないわよっ！」

「やってないよっ！」

ゲラゲラと大笑いするバッツに、昔を思い出す。

そういえば、冒険者時代はいつもこんな感じだった。

「で、タクミ、なんか色々大変なことになってるな」

「ああ、なんでこうなったか、よくわからないけど、とにかく、大変だ」

「相変わらずだな。まあ、仕方ねぇからオイラがなんとかしてやるよ」

昔から変わらぬバッツを見ていると、本当に簡単になんとかしてくれそうな気がしてくる。

「あ、そういやタクミ、その剣」

「ん？　カルナがどうかしたか？」

「あ、いや。それは今回関係ない。落ち着いたらまた話そう」

なんだろうか。バッツはカルナを知っているのか？

その時、寝ているはずのカルナがぴくり、と僅(わず)かに動く。だが、話しかけてこないし、反応はそれ以上ない。もしかして、寝たふりをしているのか？　後でカルナ本人か、バッツに聞いてみるか。

「さて、情報はある程度聞いてきたが、まずはどこから片付ける？」

どんな事件もバッツは自信満々で解決しようとする。どこからその自信がやって来るのかわからないが、やっぱり頼もしい。

「黒幕の正体を知りたいところだけど、まずは、ここを見張っている者を見つけなければ話にならないわ」

「ああ、そこからか。来る途中でおおよその位置はわかった。全部で三人だ。そのうちの一人はすでに捕獲している」

「「ええっ!?」」

サシャとハモって驚く。

「恐ろしいほどに気配を絶っていたが、オイラには通じない。ほら、こっちに来い」

手に持っていたロープを引っ張ると、黒装束に身を包んだ者が洞窟に入ってくる。

「やはり、隠密のようね」

サシャの言う通り、ヨルに似た格好をした者だった。同じ隠密のようだが、ヨルより少し身体が小さい。

「くっ、なんという辱めを。隠密の恥だ。いっそ殺してくれっ！」

「いや、殺さねえよ。オイラに見つかるのは恥でもなんでもない。あんたの気配は完全にわからなかった。だが、あんたの周りだけ、不自然に虫の気配がなかったんだ。次からはそこも気をつけることだな」

さすが、バッツは只者でない。

捕まった隠密が信じられないというような目でバッツを睨んでいる。

「で、どうするつもりだ。雇い主を聞くつもりなら、無駄だ。私は死んでも話さない」

「そんなのはどうでもいい。黒幕の正体などわかっている」

「「「えええっ⁉」」」

今度は隠密も含めて、三人がハモって驚く。

「ほ、本当なのか、バッツ。一体、誰が黒幕なんだ？」

「ん？　こいつら全部捕まえてからにするんだろ？　まあ、慌てるな。すぐに捕まえる。残りの二人は、向こうから来てくれたみたいだしな」

そう言ったバッツが洞窟の入り口を見てニヤリと笑う。まったく気配に気づかなかったが、そこに二人の隠密が立っていた。ほとんど、同じ姿の黒装束だが一人は見覚えがあった。

「ヨル姉ちゃんっ、ヒル姉ちゃんっ！」

捕まっている隠密が叫ぶと同時に、二人の隠密がバッツに向かって走り出す。

あまりの速さにその姿を見失う。

だが、バッツには見えないことなどさして問題にはならなかった。目を閉じて二人の気配のみを探り、無造作に動かした両手はヨルとヒル、二人の隠密の腕を掴んでいた。

「なっ！」

「馬鹿なっ⁉」

「瞬間捕縛術（インスタントキャプチャー）」

さらにバッツの腕の裾（すそ）から飛び出すようにロープが出てきて、二人をぐるぐる巻きに拘束する。

「ほら」

一瞬で捕まった二人は何が起こったかわからないような、そんな感じで呆然と顔を見合わせた。

「すぐだっただろ？」

頼もしい仲間、バッツの登場により、事件は真相に向け、大きく動き出した。

3　守られる約束

「信じられん。ただの人間がよく我ら隠密の動きを捉えたな」

「いや全然見えなかったさ。気配もさっぱり読めん。ただ、捉え方の違いだ」

拘束されたヨルに、まるで友達のように話しかけるバッツ。

「臨機応変てやつさ。見方を変えることによって見えないものも見えてくる」

「なるほど、それであの人の正体に気づいたというわけか」

あの人。それは間違いなく黒幕のことだろう。

デウス博士と違い、ヨル達は黒幕の正体を知っているようだ。

「ああ、お前達を捕まえたらタクミ達に言う予定だった。これから重大発表だ」

「それは困るな。できれば内緒にしてほしい」

「悪いが無理だな。約束しちまったからな」

そうバッツが言った瞬間だった。

しゅぽん、と縄で拘束されていたヨルが服だけ残して脱出したのだ。顔を覆うマスク以外は黒い下着姿になり、思わず目を背けてしまう。

「ヨル姉ちゃんっ、はしたないっ」

「黙れ、アサ。気にしていられない」

いや、こっちが気にするよっ。

目のやり場に困っていたら、いきなり視界が真っ暗になる。

「タクミは見てはダメです」

どうやら後ろからサシャに目隠しされたようだ。

「これで私達を捕らえたらというのは、なしになりましたね。発表を待ってもらえると有難い」

「セクシーな姿を見せてくれて悪いが、すぐにまた捕まると思うぜ」

「なら、捕まえるまで話さないと約束してもらえるか？」

まずい、と思った。

普通ならそんな話は聞かないで無視すればいいだけだ。だが、バッツは……

「おもしれえ。いいぜ、あんたを捕まえるまで話さないでいてやるよ」

こういう賭けみたいなことが大好きなのだ。

「感謝する」

そうヨルが言ったと同時に再び視界が戻ってくる。

「バッツは？」

「隠密を追いかけて行ったわ。相変わらずね、バッツ」

「油断しすぎだ。あれでもヨルはギルドランキング七位だ。警戒されたらそう簡単には捕まらない」

「バッツは罪人だから、ギルドに入れないけど、入っていたら、上位になる実力はあるわ」

確かにそうだろう。しかし、レイアと同じ一族のヨルは、まだその実力を隠しているようにも思える。

「で、帰ってくるまでこの子達、どうするの？」

そう言われて、拘束された二人の隠密、ヒルとアサを見る。

どうやらヨルと違って、縄抜けはできないようで、大人しく、じっ、としている。

「とりあえず、みんなでご飯でも食べようか？」

その言葉に二人の隠密の腹がぐぅ、と鳴ったのを俺は聞き逃さなかった。

「どうしてここに、ヒルとアサがっ。それに何故、平然とタクミさんのご飯を食べているのですっ」

畑から帰ってきたレイアが困惑している。

「あ、裏切り者だ。ヒル姉ちゃん、やっつけなくていいの？」

「……暴れない、逃げない、騒がない、の条件で拘束を解いてもらった。今は黙ってメシを食え、アサ」

「わかった。今日の所は見逃してやろう。もぐもぐ」

レイアを一瞥もせず、ご飯から目を離さないヒルとアサは、もとから争う気などないように思える。

拘束したまま食事をさせようとも考えたが、そんなことをしたらどんなに美味しいものを食べても台無しだ。せっかくうまくできた鶏肉と山菜炊き込みごはんを、できれば最高の状態で食べて欲しい。

「漬物と出汁巻き玉子もある。ご飯によくあうぞ」

ふわぁ、とアサから感嘆の声があがる。

「出汁巻き玉子の中にシソの葉が入ってるじゃないかっ。ヒル姉ちゃん。私も一族を抜けて、ここの子になりたい」

「……難しそうだな。嫁も愛人もいるみたいだから、席は残り少ないぞ」

「愛人てなんだ？　ヒル姉ちゃん」

「第二の嫁みたいなもんだな。ちょうどレイアがそのポジションにいる」

レイアの目が座り、腰の剣に手をかけている。

「さすがタクミさんです。油断させておいて二人まとめて斬り捨てる作戦ですね」

「よくわかっ……い、いやっ、ちがうよっ！　普通にご飯食べて待ってるだけだよっ。落ち着け、レイア」

レイアにもご飯を持っていってなんとか落ち着かせる。

「タクミさん、この二人、どうするつもりなのですか?」

「あと一人をバッツが捕まえたら、みんなまとめて帰ってもらうよ」

「何もせずに、ですか? 甘過ぎます。せめて二度と歯向かわないよう、お仕置きしてから帰しましょう」

う、うん、どんなお仕置き? 怖いからやめようね。

「それにヨルが捕まれば、もう偵察はしないと約束してくれた。大丈夫だ」

「……ヨルも来ていたのですか」

レイアの表情が少し険しくなる。

「タクミさんの昔の仲間を甘くみているわけではないですが、ヨルは大武会での戦いですら、本当の力を隠していたように思えます。簡単にはいかないかもしれません」

やはり、ヨルはまだ未知なる力を持っているのか。

「だ、大丈夫だと思うよ。バッツを信じて待っていよう」

と、言いながらも少し不安になる。すぐに調子に乗って油断する所がバッツの唯一の欠点だ。

ようやく落ち着いてきたレイアと皆で食事をしてバッツを待っていると、ヒルとアサがコソコソと何かを話している。

「ヒル姉ちゃん、あそこにゴブリン王の抜け殻あるよ。あれ、貰っていいか聞いていい?」

「……ダメだ。気持ち悪い。そんなもの貰おうとするな」

そういえばゴブリン王襲来の一件で、クロエが持って帰ってきたゴブリン王の抜け殻を、なんとなく捨てられず洞窟の隅に置きっ放しにしていた。いらないから、欲しかったらあげるんだけどな。

しかし、完全にくつろぐヒルとアサを見て少しだけ不安になる。

まるで、二人とも絶対にヨルが捕まらないと確信しているみたいだった。

そして、その不安は見事に的中することになる。


「よっ、帰ってきたぜ」

陽気に帰ってきたバッツを見て、きっとヨルを捕まえのだろうと一瞬、安堵するが……

「すまん。逃げられちまった」

てへっ、と照れ笑いを浮かべながら舌を出すバッツ。

「まぁ、あれだ。そのうち二人を助けにくるだろうし、その時に捕まえよう。お、久しぶりのタク飯じゃないか。いただきますっ」

もうヨルのことなど、すっかり忘れたようにご飯を食べる。

「えっと、バッツ。黒幕は……」

「おおっ、出汁巻きにシソの葉がっ。さすが、タク飯、細かい工夫（センス）が憎いねぇ」

律儀にヨルとの約束を守るバッツは、黒幕の正体を話さない。

大きく動き出したかに見えた事件の真相は、いきなり急停止してしまった。

4　遅れてきた大賢者

「まあ、そう焦りなさんな。ゆっくりいこうぜ」

炊き込みご飯をおかわりしながら、バッツは我が家のようにくつろいでいる。

「タクミさん、こちらの方は……」

レイアが少し警戒しながら、バッツのことを尋ねて来た。俺が答える前にバッツがレイアに向かって笑みを浮かべて、自己紹介をする。

「ああ、そういやはじめましてだな。オイラはタクミの昔の仲間のバッツだ。えとアリスの弟子でタクミの弟子のレイアさん、だったよな」

「はい、レイアと申します。こちらこそ、挨拶が遅れて申し訳ありません。今はアリス様の元を離れ、タクミさんに弟子入りさせて頂いております」

「あー、いらんいらん、堅苦しいのはやめてくれ。しかし、タクミの弟子になったのは、正解だな。アンタは少しアリスに似ている。きっとタクミから色々なことが学べるだろうよ」

「は、はいっ。ありがとうございますっ。バッツ殿っ」

クロエやサシャとは、すぐに馴染めなかったレイアがバッツとはすぐに打ち解けている。そんなところも、ある意味バッツの才能だ。

「さて、飯も食ったし、そろそろ見つけるかね」

たらふくおかわりしたバッツが、首をコキコキと鳴らしながら、ヨルの探索を再開しようとする。

「ヒル姉ちゃん、私たちすっごく舐められてない？」

「気にするな、アサ。ヨル姉さんはこんな奴らに負けはしない」

ヒルとアサは、本当に大人しくヨルが助けに来るのを待っていた。それだけヨルを信じているということか。

「ふむ、こいつらの言う通りなかなかやるな。完全に位置を見失った」

「いったん離れて帰ったということはないの？」

「ないな、一度ここから離れたらタクミポイントがなければ近づけない。必ず近くに潜んでいる」

バッツが目を閉じて、気配を探っている。

「獣の気配しかしない。うまく紛れているのか」

「獣化の儀ですね。私とヨルは幼少の頃、獣の群れに放り込まれ、数ヶ月共に暮らすという修行をしてきました。気配だけなら獣と見分けがつかないはずです」

相変わらずの凄まじい幼少時代に目頭が熱くなる。今日の晩御飯は腕によりをかけて好物を作ってやろう。

「そいつはちょっと厄介だな」

「私が行ってまいります。同じように獣化の儀を使えば、見つけられるでしょう。バッツ殿とサシャ殿は見張りをお願いします」

「わかった。気をつけろよ」

ぺこりと頭を下げると、レイアは素早く洞窟から飛び出していく。

レイアとヨルが戦うのは、大武会以来だ。

あの時はレイアが勝ったようだが、魔王に呼び出されていたので、戦いはまったく見ていない。

ヨルは、まだ力を隠していると言っていたが大丈夫なんだろうか。

「なかなか素直ないい子じゃねえか。で、タクミ、もうやっちまったのか？」

「やってないよっ！」

「やってないわよっ！」

サシャまで一緒に否定してくれる。

これ、女性が登場するたび聞いてくるんじゃないだろうな。

「さて、とりあえず入口に罠でも仕掛けておくかな。サシャは二人を見張って……」

バッツの言葉が止まっていた。

「えっ⁉」

サシャがアサとヒルの二人が座っていたところを見て驚きの声をあげる。

「二人がいないっ⁉」

消えていた。

さっきまで会話もしていた二人が忽然（こつぜん）と姿を消している。

バッツに一切気配を気付かれず、この場所から脱出したというのかっ⁉

馬鹿な、あの二人にはそんな真似はできないはずだ。

「ヨルが助けに来たのかっ!?」

「違う。たとえ隠密でもここまで気配を消せない。どうやらここに来ていたのは三人じゃなかったみたいだな」

いままでおどけていたバッツが、初めて真剣な表情を見せる。

洞窟の中にピリピリと張り詰めた空気が流れていた。

「もとから四人だったんだ。こんなことできるのは、オイラは一人しか知らない」

誰だ?

隠密すら凌駕(りょうが)するほどの気配を消せる者が存在するのか?

しかも、ヒルとアサの気配まで消したというのか?

「……それは一体?」

「決まってるだろ」

その答えはあまりにも予想外の答えだった。

「黒幕が……アイツがやって来たんだ」

バッツは真剣な表情のまま、その口元に笑みを浮かべる。

「まさか、本当に黒幕がここに?」

サシャが驚くのも無理はない。

デウス博士には、正体を明かさなかった黒幕が、ヨル達隠密と行動を共にするとは思えなかったからだ。

「気配を消すなんてレベルじゃない。存在そのものを消しているんだ」

「そんなことができるのか。しかも、どうやってアサとヒルまで？」

「伝説の魔装備、ハデスの兜。装備した本人だけじゃなく触れたものまで存在を消すことができる。オイラの知る限り、それを持っているのはアイツしかいない」

「それが黒幕だと？」

「ああ、間違いねぇ」

カルナの魔剣、魂食いやザッハの魔盾キングボムと同じ魔装備だが、ハデスの兜は神話とかでしか聞いたことない超レア級の魔装備だ。本当に存在していたことすら、信じられないような魔装備を黒幕は持っているというのか。

「でもバッツ、完全に消えてしまった者をどうやって見つけるの？」

「オイラ達じゃ無理だ。だが一つだけ手は残っている」

そう言ってバッツは俺のほうをじっ、と見つめる。

「え？　俺？　俺にそんな力があるの？」

ちょっと期待してしまったが、バッツは食い気味に首を横に振った。

「ちがう。その鈴だ。あまり、会いたくねぇが仕方ない。アイツを呼ぶしかない」

バッツが見ていたのは、腰に下げていた転移の鈴だ。ヌルハチをここに呼ぶつもりなのか。

「残念だがバッツ。デウス博士が転移を防ぐ結界を張っている。自然に解けるらしいが、あと二、三日は転移の鈴は使えない」

「そうね。しかも、ヌルハチには今、ルシア王国を任せているわ。彼女がいなくなれば、王国は黒幕に乗っ取られてしまうかもしれない」

王国内部にいるスパイをヌルハチは探っているのか。ますますヌルハチをここに呼ぶわけにはいかない。

……筈だったが。

「いや、どうやら、鈴を使う必要はなかったようだ」

バッツが洞窟の入り口を指差した。

転移の鈴は発動していない。

それでも、彼女は、ヌルハチは……

「大丈夫か？　タクミ」

凛とした表情でヌルハチが洞窟の入り口に立っている。

ヌルハチが徒歩でやって来た。

5　黒幕の正体

突然現れたヌルハチは、休みなしでやってきたのか、少し疲れているようだった。

しかし、それでも表情はいつもと同じで、真っ直ぐにこちらを見ている。

「ヌルハチっ！　王国はっ!?　ルシア王国はどうしたのっ!?」

「ナナシンに全部任せてきた。ちょっと半泣きだった」

ナナシンさん、ご苦労様です。

「どうするのよっ！　黒幕勢力が特定されてないのにっ！　乗っ取られるわよ、王国っ！」

「そんなもんしらんっ！　転移魔法を妨害されてタクミのところに行けなかったっ！　それだけの強敵が来たと思ったのだっ！　こっちのほうが心配に決まっておるっ！」

サシャとヌルハチが揉めている。

なんだか冒険者時代を思い出して、こんな時なのにほっこりしてしまう。

「これでリックとアリスが揃えば全員集合なんだけどな」

そう言った俺のほうをバッツは、まじまじと見つめている。

「ん？　どうした？　バッツ？」

「いや、本当に気づいてないのか？　いや、無意識のうちに気づかないフリをしているのか？　タクミならすぐに結論に辿りつくはずなのにな」

「え？　何のことだ？」

「やはり、そうか。サシャもタクミも、その考え自体を頭から消去しているんだな。まあ、そこがいいところなんだけどな」

バッツが何を言っているか、俺にはさっぱりわからない。

「まあ、いいさ。アイツらを捕まえたらすぐに解決する。ちょっと、いいか、ヌルハチ」

バッツが、サシャと口論しているヌルハチの方に歩み寄る。

「バッツか。相変わらず悪人ヅラだな。少しはタクミの愛らしさを見習うがいい」

「はっ、大武会で告白したらしいな。で、どうだ？　タクミとはやったのか？」

「やっとらんわっ！」

「やってないよっ！」

「やってないわよっ！」

やはり、これ毎回聞くのがお約束みたいだ。

三人の声がハモってバッツが大笑いする。

「しかし、みんな揃ってヘタレだな。まあタクミが一番ヘタレだから仕方ないのか。オイラだったら
全員……」

「バッツ、久しぶりだが、お別れが近いみたいだな」

「すいませんでした。調子に乗りました。許してください」

危険察知が発動したのだろう。ヌルハチの殺気に平謝りするバッツ。

「で、今の状況は？　敵に襲われているのではなさそうだが」

「逆だ。捕らえていた敵に逃げられたところだ。相手は魔装備ハデスの兜を使っている」

「なんじゃと？　ハデスの兜は、彼奴が持っているのではないのか？」

「ああ、つまり、そういうことだ」

ヌルハチもハデスの兜の持ち主を知っているのか。

なんだろう。頭の中に靄がかかったようなこの感覚は。

俺もその人物を知っているような気がしてくる。

だが、それが誰なのか、深い霧の中、一瞬シルエットが浮かんで、すぐに消えた。

「全方位探知魔法を発動させる。効果は五分程じゃぞ」

「充分だ。やってくれ」

ヌルハチが力を込め、魔力を解放させる。

大きな光の玉が頭上に浮かび、洞窟を明るく照らす。

「波動球・探（たん）」

その光の玉が一気に膨れ上がったと同時に光が爆発する。まばゆい光に目がくらみ、顔を背けた。

「はっ」

何も見えない光の中で、バッツが笑った声だけが聞こえた。

「なるほど、ずっとここにいたのか」

強い光に目が霞む中、アサとヒルらしきシルエットが見える。

そして、その二人の中央にもう一人立っていた。

「……あれは」

ようやく目が慣れてきて、その人物を確認する。

まだ、ハッキリと見えないが、そのシルエットには見覚えがあった。

「まさか」

わからないはずだ。俺は最初から彼を黒幕候補から外していた。

サシャも同じだろう。彼に黒幕を探るように依頼していたのだ。俺と一緒に驚いた顔で彼を見ている。

やがて、ヌルハチの放った光は完全に消え、目の前に彼が、黒幕がその姿を現わす。

それは黒い鎧に包まれた、冒険者時代から変わらない、いつもと同じ姿だった。

しばらく、何も言葉が出ない。

直視できずに、下を向く。

そのまま、搾り出すように声を上げた。

「……リックっ!!」

リックは何も語らない。

沈黙の盾と呼ばれる男は、無言のまま、俺の前に立っている。

俺達は黒幕がリックということを考えようともしなかった。

ルシア王国の騎士団長であり、各国の役人と繋がりもある。

なによりタクミポイントシステムには、ポイントを払わないと俺に近づけない鉄壁のガードが施されていた。どこか懐かしいものに守られていたような気がしたのは、リックの盾術が影響していたのか。

「どういうことだ、リック?」

「……」

やはり、リックは答えない。

『大武会、いえ、もっと前から計画を立てていたはずよ。綿密で壮大な計画。きっとタクミとアリスを利用して何かを企んでいる』

サシャの言葉を思い出す。

一体いつからリックはこの計画を練っていたのか。

そして、その目的は一体何なのか？

冒険者時代、リックと出会った日のことを思い出す。

ああ、そうだ。

最初、はじめて俺を見た時のリックは明らかにおかしかった。

どんな時も冷静沈着なリックが、俺を見て、明らかに動揺していたのだ。

「……最初からなのか？」

十年前の記憶が流れてくる。

ヌルハチに連れられて、ルシア王国に行き、リックたち三人と出会った、あの記憶だ。

「最初から俺たちを騙していたのかっ!?　リックっ!!」

リックがゆっくりと俺の方に近づいた。

左右にいるアサとヒルは、そのまま動かず、リックの後ろに控えている。

そして、リックは、ようやくその重たい口を開いて、俺に答えた。

「ああ、よくわかったな、タクミ。その通りだ」

その言葉がキッカケだった。

曖昧だった過去の記憶が、決壊したダムの濁流が如く溢れ出す。
激動の過去回想が始まった。

閑話　大武会・アリス大戦　３【リック】

彼を最初に見た時から、その計画は始まっていた。

ずっと探していたものは、ある日突然、向こうからやってきた。大賢者がパーティーのメンバーを探しにルシア王国を訪れた際に同行していた男、それがタクミだった。

壊れた器。

人が、いやすべての者が持っているはずの器が、タクミにはなかった。自身はどんな小さな力も留めておけず、かわりに他者のどんな大きな力も受け入れることができる。

それはこの世界に存在せず、誰も手に入れることができないはずの聖杯と呼ばれる奇跡だった。

不可能だと思っていた自分の夢はタクミとの出会いにより、夢ではなくなった。

タクミを未来永劫、この世界に君臨する宇宙最強の男に仕立て上げる。

そうすれば、きっと叶うはずだ。

これまで誰も成し得なかった、完全なる世界（パーフェクトワールド）が。

大武会の舞台で魔王、大賢者、人類最強、宇宙最強の四人がサンドイッチを食べている。

このような展開を誰が予想しただろうか。相変わらずタクミの行動は予測がつかない。

ハデスの兜（かぶと）を発動させ、完全に姿を消しながら舞台に上がっていた。

依頼をしたマキナには、上手く勘違いをさせたはずだ。絶妙のタイミングでタクミの肩を叩いて、振り向かせた。これでマキナの出身地の南方には、タクミの最強具合が誤解されて広まっていくだろう。

東方のヨルや北方のエンドにも、同じように勘違いをさせなくてはならない。

もちろん、人類最強のアリスにも、だ。

この大武会で、タクミには、圧倒的な強さで優勝してもらう。

世界中にタクミを宇宙最強と勘違いさせるために、十年前から様々な画策をしてきた。

ここですべてを台無しにする訳にはいかない。

たとえ、アリスを壊してしまってもだ。

「このサンドイッチは三種類あるんだ。チキン、ハム、卵があって、それぞれにソースを変えている。チキンには照り焼きソース、ハムにはケチャップ、卵には辛子マヨネーズが塗ってある」

「うまいっ、愛する者の手料理とはこうも美味いものなのかっ」

「魔王、それ六個目だぞ。一人五個ずつじゃないと数が合わない」

「そういうアリスも六個目でないか。ヌルハチは見逃さないぞ。お主、二個ずつ取って食べてるだろう」

残念だが、少し違う。俺がこっそり食べているから数が合わないのだ。

しかし、タクミの料理は相変わらず美味すぎる。危うく目的を忘れかけてしまう。

「まあまあ、落ち着いて。試合が終わったら皆でまた食事をしよう。あまり無茶して怪我をしないようにな。俺はもうここで棄権して……」

とんっ。

タクミの首筋に手刀を落とす。カクン、と気絶したタクミが座ったまま動かなくなった。

危ない。ここでタクミを退場させるわけにはいかない。

「おや、ヌルハチ、タクミが寝ているぞ」

「相変わらず呑気だな。食事休憩とはいえ、まだ試合中だぞ」

魔王とヌルハチがタクミを起こそうとするのをアリスが止める。

「かまわない。どうせ残った一人がタクミと戦うのだ」

アリスの言葉に魔王とヌルハチが立ち上がる。

みんなでサンドイッチを食べることによってタクミが作り出した和やかな雰囲気が、台無しになる。

すまんな、タクミ。

だが、これは必要なことなのだ。

魔王とヌルハチとアリス。

三人が対峙する中、その戦力を冷静に分析する。

魔王は、その力を半分も出せていないだろう。リンデン・リンドバーグは西方ではトップクラスの魔法使いだが、魔王本体と比べれば、やはり見劣りする。彼女を魔王の元に差し向けた所までは計画通りだったが、リンデンの身体のまま大武会に参加するのは予定外だった。よほど気に入られたのか、もしくはリンデンが魔王を気に入っているのか。今は確かめる術がなかった。魔王本体が参加していれば、勝算はかなり上がったのだが、仕方ない。

次にヌルハチだ。旧ルシア王城でアリスと一対一で戦い、一撃を加えたことはヨルからの情報で知っていた。その際、全魔力を消耗し、しばらくの間、幼女となり暮らしていたという情報もある。今はタクミとの戦闘時にバルバロイ会長が舞台に残した魔力を利用して、回復しているようだが、全開時と比べると魔力の総量はかなり少ない。会長の魔力と波長が合わなかったのか、そもそもの総合値がヌルハチのほうが圧倒的に上なのか。とにかく、ヌルハチも万全の態勢ではない。前回のようにアリスに一撃を加えることは難しいだろう。

そして、最後にアリス。やはり、彼女が一人、突出していた。気力も体力も充実し、なにより、以前より格段に強くなっている。一体どこまで強くなるというのか。タクミから受け継いだ大剣、聖剣タクミカリバーを構えるアリス。側(はた)から見れば剣を振っているように見えるが、アリスの攻撃はすべて拳のみだ。アリスにとって剣など、ただ握っているだけのアクセサリーのような役割でしかない。なのにアリスは剣聖の異名を持ち、その剣は世界三大聖剣となってしまった。そんなアリスとまともに戦っては、魔王とヌルハチが共闘しても、勝つ確率は限りなくゼロに近い。

タクミを優勝させるためには、俺が二人をサポートしてアリスの体力を少しでも減らさなければならなかった。

そう、すべて、この日のために。

俺は伝説の魔装備を集めてきた。

存在を消し去る兜、ハデスの兜。

十一枚に分裂する盾、マールスの盾。

雷を呼ぶ雷神トールの籠手、ヤールングレイプル。

神の武器でさえ貫けない無敵の鎧、アイギス。

空中歩行を可能にする靴、イカロスの靴。

目立たぬように、それらすべてを黒く染め、影のように生きてきた。あの事件が無ければ、ヌルハチやバッツに、ハデスの兜を知られることもなかっただろう。

アリスが俺に気がついている素振りはない。

しかし、下手な攻撃をすれば、攻撃を躱され、反撃を喰らうだろう。

これだけの魔装備を持ってしても、アリスに勝つイメージがまるで湧かなかった。

恐らく、チャンスは最初の一撃だけだ。

一度でも気付かれたら、アリスに俺の攻撃は通じなくなる。

倒せなくても構わなかった。

なんとか弱らせて、あとはヌルハチと魔王に託せば、それでいい。

姿を消したまま、三人が対峙する舞台の中心に歩いていく。

はじめてのクエストに挑んだあの時のように。

三章
始まりのパーティー

1　カルナと過去回想

冒険者時代、リックと初めて話したのは、ヌルハチが女王から三人を預かり、城から出た後だった。

城下町の小さな酒場で、サシャとバッツが自己紹介する中、リックは無言で座っている。


『タッくん、タッくん』

突然、頭にカルナの声が聞こえてきた。

『これ、過去回想てやつなん？　すごいで、映像まで見えてくるで。タッくん、うち、前よりもタッくんと繋がってるわ』

「そ、そうなのか？」

以前から考えていることは筒抜けだったが、まさか俺の過去回想が画像付きで見られることになるなんて、超恥ずかしいじゃないか。

『あれやな、リックとの過去を振り返って、なんで黒幕やったんか調べるんやな。結構長い回想でも現実では数分しか経ってないとかいう例のヤツやな』

「あ、ああ、たぶんそんな感じのやつだろう」

カルナのテンションがめっちゃ高い。

映画を見ている感覚なんだろうか。

『なぁなぁ、タッくん。所々にツッコミ入れてもええ?」

自分だけでは気が付かない過去のこともカルナなら気が付いてくれるかもしれない。

「ああ、よろしく頼む」

前代未聞、ツッコミ搭載の過去回想が再開される。


「リック、ほら、自己紹介、あなたの番よ」

「……ああ、そうか」

エールが入ったグラスを持つリックの手が少し震えていた。

大賢者を前にして緊張しているのだろうか。

「リックだ。ルシア王国の騎士団長をしている」

軽くお辞儀をすると、再び俺のほうを見る。

あまりに低レベルな俺が大賢者のパーティーにいることが信じられないのだろうか。

確かに、俺の力はこのメンバーの中で飛び抜けて低い。いや、正確にはギルドでただ一人の最低のFランクだから、冒険者全体の中で断トツに低いのだが……

「俺はタクミ。今はまだ駆け出し（ルーキー）だけど、いつか立派な冒険者になるつもりだ」

それでも、パーティーの先輩として頑張らないといけない。

ヌルハチが俺を守るために集めたパーティーメンバーだが、いつまでも守られ続けるわけにはいかなかった。

「よろしくね。サポートは任せて。たくさん回復してあげる」

「金さえ貰えれば文句なしだ。仕方ないから助けてやるよ」

サシャとバッツが励ましてくれる中、リックが小さな声で呟いた。

「いつか、立派な冒険者か……」

なんだか挙動不審な暗い奴、というのがリックの第一印象だった。


『タッくん、一つ気づいたことがあるわ』

「なんだ。リックにおかしなとこがあったのか？」

『いや、十年前のタッくん、ちょっとぽっちゃりしてるな。これはこれでアリやとおもうで』

「そ、そうか。ありがとう」

カルナのツッコミは今のところ役に立たない。


酒場を出た後に向かったのは、城下町の片隅にひっそりと佇む武器屋だった。

「全員の装備をここで整える。各自、己に見合うものを探すといい」

ヌルハチの言葉に一番喜んだのはバッツだった。

拘束されていた鎖からは解放されたものの、上半身は裸で、下半身もボロ雑巾のようなズボンを穿いているだけで、ロクな装備を身につけていない。

「値段の制限はなしか？　いくらでも買っていいのか？」

「ああ、構わない。ただし、冒険者として稼いだら返してもらう。特別に利子は取らないでおいてやろう」

バッツがあからさまにがっかりした顔になった。

「ちっ、セコイな、大賢者」

ぶつくさ言いながら、必要最低限の装備を整えるバッツ。

「私も新しい杖と替えの服を探そうかな。タクミはどうするの？」

「あ、ああ、俺は特にいらないよ」

気さくに話しかけてくれるサシャに動揺を隠せない。

年齢イコール彼女いない歴の俺に、サシャの笑顔は少し眩しすぎた。

「そうなの？　その短剣、だいぶくたびれてない？　大丈夫なの？」

「うん、後で研いでおくよ。小さい頃から使っているから、手に馴染んでいるんだ」

ナイフといってもいいほどの小さな短剣は、冒険者になろうと決意した時、自分で買ったものだった。何度も研ぎなおして大切に使ってきたが、確かにそろそろ限界が近いのかもしれない。

「タクミ、ちょっとコレを持て」

サシャと話している中、ヌルハチがいきなり俺に何かを渡してきた。ズシリと重いそれは、かなり大きな大剣で、支えきれず、おもわず床に落としそうになる。

「な、なんだ。ヌルハチ、これ、めっちゃ重たいんだけど」

「ああ、店で一番大きな剣を選んだ。持ってるだけでも少しは筋力がつくはずだ」

「え、ええっ。すごくいらないんだけど。俺、これに金払うの？」

「いや、それはヌルハチが選んだし、プレゼントしてやろう。ちゃんと鍛えておけ」

少し照れながらヌルハチがそう言って離れていく。バッツがえこひいきだと騒いでヌルハチにつきまとい、殴られていた。

武器屋に設置された試技室で大剣を振ると、その重さに負けて身体が流れてヨタヨタになる。どすん、と尻餅をついたがヌルハチに貰った大剣は離さず、しっかりと握っていた。

「ねえ、ヌルハチ、これで俺、強くなれる？」

「う、うむ。きっと強くなれると思うぞ」

ヌルハチの唇がプルプルしている。

どうやら必死に笑いを堪えているようだ。

「本当に？」

「ほ、本当だとも」

ヌルハチは俺と目線を合わせてくれなかった。


『タッくんっ！』

「どうしたっ、カルナっ」

今度こそ何か重要なことに気がついたのか、興奮した声を上げるカルナに期待する。

『若い時のタッくんが、可愛くて抱きしめたいっ！　どうにかならへんかっ!?』

「……」

俺はしばらくカルナのツッコミを無視することにした。

皆がそれぞれ新しい装備を買う中で、ただ一人、リックだけは何も買おうとしない。全身を黒い鎧で包み込んで、さらに黒い盾を腰にかけている。しかし、そこには武器らしきものを身につけてはいなかった。

「リックは、剣を持たないのか？」

そう尋ねると、リックはまた少し沈黙したまま、しばらく俺を見つめていた。

なんだろうか。

出会ってからずっと観察されているような気がする。

大剣を振る様があまりに無様で軽蔑されているんだろうか。

「……ああ、剣は持たない」

それだけ言った後、リックが口を開くことはもうなかった。

その理由を知ることになるのは、もっとずっと後の話、あの大事件が起こった時のことだった。

2　ギルド入門試験

ルシア王国を出た後、最初に向かったのはギルド協会の本部だった。

リック達三人は、冒険者として登録していないため、ギルドへの入門試験と、ついでに俺のランク更新をしに受付に来たのだが……

「なにっ！　タクミはまだFランクのままなのかっ！」

ヌルハチがギルドの受付で揉めていた。

「先日、ヌルハチと共に、クエストランクAAA、サラマンダークイーンの討伐を果たしたのだぞっ！　それでもEランクに上がらないのかっ！」

「はい、調査の結果、タクミ様はずっと荷物を持っていただけですので、功績ポイントは2ポイントです。会長によると一度試験を落ちたタクミ様はマイナス100ポイントからのスタートですので、後、98ポイントのご活躍をして頂かないとEランクには上がれません」

受付の眼鏡お姉さんが感情のない声で淡々と説明する。

そういえば、バルバロイのクソジジイはこの頃から俺を目の敵にしていた。

『タッくん、きっついスタートやな。Fランクなんか聞いたことないで』

「ああ、Fランクになったのは、この時代では俺一人だけだ」

カルナのツッコミに答えながら、情けない名誉に目頭が熱くなる。現在は二人目のFランク候補がいるようなので、是非ともその称号を獲得してほしい。

「よろしければ、もう一度、入門試験を受けることをお勧めします。受かればEランクからのスタートですし、皆様とご一緒にどうでしょうか？」

「受け直して落ちたらどうなるんだ？」

「もちろん、ギルド資格は剥奪となります」

可愛い顔して恐ろしいことをお勧めしてくる受付の眼鏡お姉さん。

「これはやめといたほうがよさそうだな、ヌル……」

「面白い、受けてたとう」

う、受けてしまったよ、ヌルハチが。

「ヌ、ヌルハチ。俺、ついこないだ試験落ちたばかりなんだけど」

「ビビるな、タクミ。馬鹿にされたままでどうする。落ちたら、またなんとかしてやる」

「二度目は絶対にない、とバルバロイ会長は申しておりましたが」

眼鏡の奥で、お姉さんの眼光が鋭く光る。

「お主、新しい受付か。なかなか生意気だな、名を名乗れ、覚えておいてやる」

「これはこれは、ギルドランキング不動の一位、ヌルハチ様に覚えて頂けるとは身に余る光栄。リンデン・リンドバーグと申します。以後、お見知り置きを」

ヌルハチがバチバチと火花を飛ばしているが、やめてほしい。かかっているのは俺のギルド資格だ。

『タッくんっ、顔変わってるけど、受付の女の子っ！』

「ああ、わかっている。初めて会ったのは、十豪会（じゅうごうかい）じゃなかったんだな」

十年後、再び会った時には、魔王の影響で容姿が変わり、ここですでに会っていたことを思い出せなかった。

「それでは今日は他にもう一人いらっしゃいますので、皆さん同時に試験に挑んで頂きま……あら、こちらのバッツ様は罪人ですね。残念ですが、試験資格そのものがありません」

「む、女王め。まだ罪状を取り下げてなかったのか。すぐに手配をするよう伝えよう。今回はヌルハチの顔に免じて試験を受けさせてやってくれ」

「なりません。規則は絶対です」

再びバチバチとやり合うヌルハチとリンデンさん。それを止めたのはバッツ自身だった。

「いいよ、いいよ。オイラ冒険者にもランキングにも興味ないし、勝手にやってくれ」

そう言いながらもリンデンさんに近づいていく。

「そんなことより、お姉さん、後でお茶しない？　えっ？　なに？　お、おいっ離せよっ」

ギルドの衛兵に両脇を抱えられてバッツが退場していく。本当に冒険者に興味はないようだ。

「それでは、準備が出来次第お呼びいたします。各自、控え室にて、待機しておいて下さい」

何事もなかったかのように、冷静に対処するリンデンさん。

『タッくんっ、リックのほう注目してっ』

カルナのツッコミが入る。

過去に俺は、この場面で集中してリックを見ることはなかった。

だが、記憶の中にはリックの姿とその時話した言葉は確かに残っていたのだ。

「……西方出身者か。かなりの魔力を持っているな」

この時、リックはすでにリンデンさんに目をつけて観察していたのだ。魔王の器の候補として。

『タックん、覚悟しといたほうがいいで』

気楽に映画を見ているような感じだったカルナの声が、真剣なものに変わっていた。

『たぶん、この過去回想、見たくないものも見ることになるわ』

「ああ、それでも……」

その予感は俺も感じていた。

だが、俺はリックの真実を知らなければならない。

「それでも、俺はちゃんと思い出すよ」

たとえ、その結果、絶望することになったとしても……


控え室に向かうと、フードを深く被った者が一人座っていた。もう一人の試験者だろう。

顔が見えず、男か女かもわからない。

頭を下げて会釈をすると、向こうも同じように会釈を返してきた。

「ねえ、タクミ。入門試験てどんなことをするの？」

「毎回試験内容は変わるみたいだけど、試験はここの地下にある模擬ダンジョンで行うんだ」

サシャに話しながら数ヶ月前に挑んで、何もできないまま、あっという間にリタイアした苦い思い出が蘇る。

「模擬ダンジョンにはギルドが用意した簡単な罠や、隠された宝箱、それに魔物が用意されている。合格条件は様々だけど、成績がよければいきなりBランクやAランクになれるらしい」

「へぇ、アトラクションみたいで楽しそうね」

はしゃぐサシャとは対照的にリックは無言で座っていた。

「準備ができました。こちらへどうぞ」

控え室の扉が開いて、リンデンさんが現れた。

二度目のギルド入門試験に、緊張で鼓動が早まる。


『あっ！　タッくんっ！』

再びカルナがツッコミを入れる。

また、リックに何か怪しい行動があったのかと注目するが、別段変わった様子は見受けられない。

「なんだ、カルナ。別にリックに変わった所は……」

『ちゃ、ちゃうねん。タッくん、あんな……』

こんなに歯切れの悪いカルナは初めてだった。

「言ってくれ。どんなことでも受け入れると決めたんだ」

だが、カルナから出た言葉はとても受け入れられない事実だった。

『タッくんのチャック、全開バリバリに開いてるねん』

変えられない過去の失態に涙目で目を背ける。

できれば知らないままでいたかった。

「さあ、行こう。サシャ、リック。入門試験だ」

チャック全開のまま、カッコつけて模擬ダンジョンに向かう過去の自分を、とりあえず殴りたいと思った。

3　タクミ全開（チャック）

松明(たいまつ)に明かりを灯して、薄暗いダンジョンを進んでいく。

「一階層はたぶんスライムくらいしか出ないけど気をつけたほうがいい。油断していると突然、足元から現れる」

前回、最初の第一歩でスライムを踏んづけて、えらいことになった。

「あ、ありがとう、タクミ。き、気をつけるね」

模擬ダンジョンに入ってからサシャの様子が少しおかしかった。あまり、目線を合わせなくなり、顔が少し赤らんでいる。

「あ、ああ、うん、頑張ろうな」

俺もサシャを意識してしまい、目線をそらす。だが、気がつけばサシャは俺のほうをチラチラと見ながら、なにか言いたげにしている。

「あ、あの、サシャ」

「う、ううんっ！　なんでもないのっ！　なんにもないよ、タクミっ！」

しかし、話しかけると逃げるように距離をとるサシャ。

これはもしかして、生まれて初めてモテ期というやつがやってきたのかっ⁉


『……タッくん』

「わ、わかってる、カルナ。何も言わないでくれ」

過去の考えまでカルナに筒抜けで死にたくなる。

サシャはチャック全開の俺に気がついて、そのことを告げようと頑張っているのに、俺はモテ期が来たと勘違いしているのだ。

「もう見てられない。あの恥ずかしい奴を切り刻んでくれ、カルナ」

『無理やわ、タッくん。過去は変えられへんねん。しっかり受け止めて』

仕方なく、俺はチャック全開変態野郎を生温かい目で見守っていく。

「模擬ダンジョンの壁は一ブロックが五メートルで区切られていて、マッピングが簡単にできるようになっているんだ」

「へ、へえ。じゃあ前回試験を受けたタクミはちょっと有利だよね」

「それが自動生成ダンジョンで構造が変わってるから、そこまで有利でもないんだ。でも、パターンがあるから傾向と対策を練ることはできるし、前よりも詳しくマッピングをしてみんなをサポートするよ」

ああ、なんかチャック全開変態野郎がえらそうなことを言っている。

気づけよ、たまにサシャが下半身のほうを覗き見してるじゃないかっ。

「リック、前方の壁が湿っている。スライムが出てくるかもしれない。気をつけて」

「……承知した」

リックは俺のチャックに気が付いていたのだろうか。

鎧で表情が見えないため、判断が難しい。

もう一人の受験者であるフードの人物と並んで、俺とサシャの前を歩いている。

予想通りというべきか、しばらくして、湿った壁の隙間からスライムが湧き出てくる。

スライムは粘液状の魔物で、有名なモンスターとして広く知られている。中には武器や防具を溶かしたり、合体して巨大になるレベルの高い奴もいるようだが、模擬ダンジョンに出てくるスライムはかなりレベルの低い超雑魚モンスターだ。

それでも不意をつかれたら、前回の俺のようにえらいことになってしまう。

だが、事前に出現場所がわかっていたため、跳ねるように襲いかかるスライムをリックが余裕を持って盾で払いのけた。

「サシャっ、今だっ！」

俺が叫ぶと同時に、地面に落ちたスライムにサシャが呪文を唱える。

「聖火(セイントフレイム)っ」

サシャの杖から放たれた炎がスライムを燃やし尽くす。

「やった、やったよ、タクミっ。初めて魔物を倒したよっ」

「ああ、やったなっ、サシャ！」

二人してハイタッチした後、すぐにサシャが照れたように後ろを向く。

手が触れ合ったことをサシャが照れたと勘違いして、同じように照れる俺。

違う、違うぞ、過去の俺。

サシャはチャック全開の股間を見てしまったから、後ろを向いたんだ。


『……タッくん』

「言わないでくれ、俺はもう死にたい」

『いや、ちゃうねん。前から思ってたけど、タッくんて観察眼鋭いなぁ。うちと一緒に来たモウがゴブリン王って見抜いたし、魔王の正体に誰よりも早く気付いてたし、分析能力に優れてる思うねん。まあ、そのかわり力は最弱やねんけどな』

カルナの中では、ゴブリン王を見抜いたことは、そういうことになっているのか。

まあ、観察して分析するのは、貧弱な力しかない俺が、それでも冒険者になろうと必死に伸ばしてきた能力だった。

「……チャック全開には気がつかなかったけどな」

『それも仕方ないと思うねん。タッくん、自分のことより、仲間のこと気にしてるからなぁ』

そうなんだろうか。

自分ではそんなつもりはなく、ただ気持ちのままに行動していた。

「買い被りすぎだよ、カルナ」

『そんなことないで、タッくんは……まあ、ええわ。そういうことにしとこか』

それ以上、カルナはなにも言わず、過去回想に戻る。


スライムを撃退した後、俺達四人はそのまま順調にダンジョンを攻略し地下二階に降りる階段を発見する。

失格した最初の試験では、そこまで辿り着くことはできなかった。

少しテンションが上がっていたのだろう。階段前に仕掛けてある簡単な罠を発見するのが遅れてしまった。

カチリ、とスイッチの入る音が鳴る。

地面にある突起物を踏んだのは、先頭を歩いていたフードの人物だった。

「危ないっ！」

叫ぶと同時に壁から弓矢が飛んでくる。

矢の先はゴムでできているが、直撃すればそこで試験は終了してしまう。

「……っ」

だが、フードの人物はその場で素早く宙返りして、華麗に弓矢を躱す。

最後までフードの中を見ることはなく、この人物が何者かはわからなかったが、明らかに只者でない雰囲気を醸し出していた。

『タッくんっ、巻き戻してっ！』

「へ？」

『今のシーン、もう一回っ！』

まさかの回想巻き戻し要求に、戸惑いながらももう一度同じシーンを思い出す。

再び、フードの人物が罠を踏んだ所が再生された。

『タッくん、ボリューム上げてっ！』

ええっ？　過去回想の音量ボリューム上げられるのっ⁉

無理だと思ったが、あっさりと音量が上がっていく。

人間の脳は自分で覚えていないこともしっかりと記憶しているのだ。カルナの介入により、それを明確に理解する。

さっきは聞こえなかった声が、ボリュームが上がり聞こえてくる。

「ちっ、油断してしもうたわ」

弓矢を躱した時に、フードの人物が発した小さな声は、聞き覚えのある声だった。

「まさか、この声は……」

知らなかった事実が次々と明らかになっていく。

「ヌルハチ？」

二度目の試験を心配したヌルハチが入門試験に紛れ込んでいた。

『ほらな、タッくん』

カルナが優しい声で話しかける。

『仲間を気にしてるから、仲間もちゃんとタッくんを気にしてるんやで』

冒険者時代、ずっと鬼のようだったヌルハチは影で俺を支えてくれていた。

黒幕の真相を探るつもりの過去回想から、思いがけず優しい真実が発見され、回想シーンが涙で滲（にじ）んだ。

4　タクミ覚醒（嘘）

地下二階層に降りていくフードの人物をじっ、と見る。よく観察すれば、身長や体型もヌルハチと酷似しており、本人だと確信する。

しかし、リンデンさんは、俺達が試験を受ける前にもう一人受験者がいると言っていた。

事前にヌルハチが登録していたとは考えにくい。

『途中で入れ替わったんやな。最初控え室で会った時は、フードの人物、もっと体格よかったで』

そう言えば、確かに一回りくらい大きかった気がする。

こんなことをして、大丈夫なんだろうか。ギルドランキング一位のヌルハチが入門試験に紛れ込んだのがバレたらえらいことになりそうだ。

『タッくん、オロオロしても仕方ないで。これ、過去回想やん』

「そ、そうだよな。すっかり忘れてたよ」

これが過去回想ということをたまに忘れそうになる。

それぐらいリアルに過去の世界に入り込んでいた。


リックを先頭にフードのヌルハチ、俺、サシャの順番で地下二階を慎重に探索していく。

前回は二階層まで辿り着けなかったので、ここから先はどんな魔物が出るかわからない。

一本道の通路が左に折れる手前で、あることに気がついた。

「みんな、ちょっと止まって」

松明で照らされた通路の先から、薄っすらと影が伸びている。

「待ち伏せだっ。何かがいるっ」

俺の声にリックとフードのヌルハチが臨戦態勢に入る。

同時に通路からゆっくりと剣を持った白い骨が姿を現わす。

スケルトンだ。

人間のように動く骸骨の魔物で知能は低いが、魔法使いなどが操り、単純な指示を与えることが出来る。ギルドが待ち伏せを指示して、壁際で待機していたのだろう。

『タッくん、やるやん。これは評価高いんちゃう？』

「残念だけど戦わないとそこまで点数は貰えないんだ」

それは仕方のないことだと思っていた。作戦やサポートを上手くこなしても、実際の冒険では貧弱な者はすぐに死んでしまう。ギルドはそのために最低基準を設けている。

『そうなんや、でもカッコええで。チャック全開やなかったら惚れてまうわ』

「そ、それは言わないでくれ」

しかし、このチャック全開は、試験が終わった後も気付いた記憶がない。一体俺はいつまでこの状態なんだろうか。


スライムの時と同じように、スケルトンの剣撃をリックが鮮やかな盾捌(さば)きで受け止めている。

「はっ」

剣の攻撃に合わせ、リックが盾を叩きつけると、がいんっ、という鈍い音と共にスケルトンの剣が弾け飛んだ。

「サシャ、今だっ」

スライムの時と同じようにサシャにトドメを頼もうとした時だった。

「あっ、タクミっ！」

剣を失ったスケルトンが、リックの横を抜けてヤケクソ気味にこちらに突進してきた。

完全に不意をつかれ、慌てふためく。

「うわぁあっ！」

身体が宙に舞う。

スケルトンの体当たりを喰らって吹っ飛んだ、そう思ったのだが、まるで痛みがない。


『タッくん、これ』

「ああ、ヌルハチだ」

こっそりと浮遊の魔法を俺にかけてくれたのだろう。

スケルトンのちょうど真上に俺が浮いている。


「タクミっ」

「おうっ！」

サシャに応えるように空中で大剣を抜いて、そのままスケルトンめがけて振り下ろす。

いや、正確にはただ抜いただけで、剣の重さに負けて、そのままスケルトンの頭に剣が落ちていっただけだ。

ざしゅ、という小気味のいい音と共にスケルトンが真っ二つに切り裂かれる。

「う、お、うぉ」

大剣を握ったまま、俺はその場に立ち尽くしていた。

そして、初めて魔物を倒した興奮に感情を抑えきれなくなる。

「うぉおおおっ！　見た？　見たか、サシャ！　俺、なんか知らないけど覚醒したっ！　咄嗟のジャンプからの垂直斬りでスケルトン倒したっ！　これが眠っていた力ってやつかっ！　俺、すげえっ！」

チャック全開の中、半泣きで叫ぶ変質者。


『タ、タッくん』

「言わないで、なにも言わないで。あの時は自分の実力だと思ったんだよ。奇跡の力が覚醒したとか思ってしまったんだよ」

そんなはずは無いのに、ヌルハチの存在を知らない俺は、興奮冷めやらぬまま、まだ何かを叫んでいる。


「そうだっ、今の技に名前をつけようっ！　タクミスマッシュ、いや、タクミインパクトなんてどうかなっ！」

「う、うん、い、いいと思うよ」


なぜ、サシャがドン引きしていることがわからないっ！

なんだ、この黒歴史のオンパレードはっ！

「そういえばカルナは力を貯めるために活動時間が短くなったんだよな、そろそろ寝ないでいいのか？」

この恥辱にまみれた過去回想をもう見ないでほしい。

『大丈夫やで。実際は三分も経ってへんし、全然疲れへんわ。それにこんな面白いのん、見逃したくないやん』

完全に喜劇を楽しむ観客気分のカルナ。


さらに地下二階層を進んで行くと、左に曲がった通路の奥から、わらわらと数匹のスケルトンが湧き出てきた。

「タクミっ、どうするのっ」

「大丈夫、今ならやれる気がする」


やれねえよっ！

ドヤ顔で大剣を構える自分自身に思わずツッコミを入れてしまう。

『タッくん、あれ』

フードのヌルハチから一陣の風が吹き、スケルトンに向かって飛んでいく。

ピシピシとスケルトンに小さなヒビが入っていくのだが、ギリギリのところでその形を保っている。

そんなことには、まるで気がついてない過去の俺は、自信満々にスケルトンの群れに突っ込んでいく。

『なんでタッくん、ちょっとカメラ目線なん？　画像も鮮明やし、このシーンだけ、なんかクオリティ高いでっ』

冒険者時代、唯一のいい思い出だったので、はっきりと覚えているのだろう。

大丈夫、次からはたぶんボカシとか入るから。

めちゃくちゃに振り回した大剣は、スケルトンにかすりもしない。

だが、大剣の動きに合わせて、ヌルハチがスケルトンに向かって振動の魔法を唱えている。

風魔法で入った亀裂が振動により広がって、スケルトンが粉々に崩れていく。

「見たかっ。これがタクミタイフーンだっ」

まるで剣風がスケルトンを破壊したかのように錯覚した俺は再び必殺技の名前をノリノリで叫ぶ。

やめてっ！　もう見てられないよっ！

そして興奮状態の俺と違い、冷静なリックやサシャはここでヌルハチの仕業だと気がついたようだ。

二人してジト目で、フードのヌルハチを見つめている。

「タ、タクミには内緒で頼む」

どうやら二回目のギルド試験も、俺は不正により合格したようだった。

5　封印された記憶

「入門試験お疲れ様でした」

模擬ダンジョンから出てきた俺達をリンデンさんが出迎えてくれた。

前回の試験では、地下一階層でリタイアした過去の俺だったが、今回は破竹の勢いで最下層まで到達してしまう。模擬ダンジョンの最下層、地下十階。そこで待ち受けていた最終試練は、巨大なゴーレムの討伐だった。

「入門試験でゴーレムを倒した新人は、これまでランキング一位の大賢者ヌルハチ様のみでした。大快挙ですね。おめでとうございます」

実際、この時、過去の俺はどうやってゴーレムを倒したのか覚えていなかった。


その日、絶好調と勘違いしていた過去の俺は、無謀にも先頭を切ってゴーレムに向かって突っ込んでいった。

フードのヌルハチが慌てて助けに行こうとした時には、間に合わずにゴーレムの豪快なパンチをモロに食らってしまう。

過去の俺がダンジョンの壁に衝突して気絶していた。

「ヌルハチ、タクミがっ！」

「大丈夫だ。直撃する前に硬質化の魔法をかけた。致命傷ではない。サシャは回復と、あとできればチャックを閉めてやってくれ」

「ええっ！　嘘っ！　これ、私が閉めるのっ⁉」

ヌルハチもチャックのことに気づいていたのか。

そして、衝撃の事実を知る。

『タックん、サシャにチャック閉められてんな』

「最悪だ。すまん、サシャ。俺、最低だよぉ」

サシャが目を閉じた上に、顔を背けながらチャックを閉めてくれている。そういえば試験の後、しばらく目を合わせてくれなかった。

「コイツは、どうする？」

ゴーレムの攻撃を簡単に防ぎながら、リックが振り向く。

「タクミを傷つけおって。塵となるがいい」

ヌルハチの極大魔法が炸裂し、粉々に砕け散るゴーレム。

こうして、俺達の入門試験は終了したのだった。

「それでは皆様には、査定終了後にギルドカードをお渡し致します」

再び控え室に案内され、待機する。

この時、フードの人物がヌルハチではなくなっていることに気がついた。また入れ替わったのだろう。

「あれ、いつ試験終わったんだ？　俺様、まったく記憶にないぞ」

「いや、君、すごい活躍してたよ。ありがとう、一緒に戦ってくれて」

何も知らない過去の俺がフードの人物にお礼を言っている。

「そうか、俺様、無意識のうちに大活躍してたんだな。流石、俺様だ。がっははははは」

高笑いするフードの人物の声を聞いたことがあった。

あれ、この男、もしかして……

しばらくして、受付の眼鏡のお姉さん、リンデンさんが全員のギルドカードを持ってきた。

そう、全員のギルドカードだ。つまり……

「お待たせ致しました。皆様、全員合格でございます。名前を呼ばれた方から取りに来て下さい」

「よしっ」

みんなに気づかれないよう、控え室の隅で、俺が小さくガッツポーズをしていた。

『よかったなあ、タッくん』

「まあ、不正だけどな」

『昔のタッくん、無邪気で可愛いわ』

「かなり馬鹿だけどな」

確かに過去の俺は、かなりの馬鹿っぷりを発揮している。

だが、今の俺が無くしてしまったものを持っていた。

あの頃の俺は冒険者としてやっていけると信じて、目を輝かせている。

「一位通過、ザッハ・トルテ様。Aランクからのスタートになります。ゴーレム討伐お見事でした」

聞いたことのある名前が呼ばれ、フードの人物が前に出た。

「寝ていただけで、ゴーレムを倒し、入門試験をAランクで突破するとは。やはり、俺様は天才だった」

うん、全部ヌルハチの仕業だからね。

後にその実力が間違いだったと気がつくから。

現在、ザッハは大武会予選会場爆破のペナルティで、俺以来、史上二人目のFランクになろうとしている。

「続いて二位通過、リック様。Bランクからのスタートになります。見事な前衛、盾職（タンク）でした」

リックはすべての攻撃から見事に味方を守っていた。納得のBランクだ。

『タッくん』

「ああ、見えている」

ギルドカードをリンデンさんから渡されると同時に、リックは同じようなカードを入れ替えるように渡していた。リンデンさんは、カードをもらった素振りをまったく見せずに、業務を続けていく。

「では、三位通過、サシャ様。Cランクからのスタートになります。なかなか的確な回復役でしたね」

模擬ダンジョン内は、隅々まで魔法で観察しているらしい。ちゃんとサポート役のサシャの活躍も見ていてくれたようだ。

「最後に四位通過、タクミ様。Dランクからのスタートになります」

「Dランクっ！」

最低のFランクからEを飛ばしてDランクになり、思わず叫んでしまう。

結局これが冒険者時代で最高のランクとなるのだが、この時の俺は、まだまだランクを上げていけると、とんでもない勘違いをしていた。

意気揚々とリンデンさんからカードを受け取ろうとする過去の俺。

しかし、それはすぐに渡されることはなかった。

「ギルドの査定ではDランクが出ましたが、気をつけたほうがよろしいと思われます。たまに試験で実力以上の力を発揮してしまった冒険者が、場違いなランクのクエストを受けて早死にしています」

「そ、そうか、気をつけるよ。だからカードを」

リンデンさんがカードを離してくれず、過去の俺はカードを貰えない。

「よろしければ、カードの返還を受け付けておりますが、いかがなさいますか？」

「い、いやっ、返さないよっ。渡して下さいっ！　お願いしますっ！」

リンデンさんとカードを引っ張り合う俺。全力で引っ張る俺に対して、リンデンさんは軽くしか力を入れてないように見える。なのに完全に力負けしている可哀想な過去の俺。

なぜリンデンさんは過去の俺に冷たいのだろうか。

バルバロイ会長から何か言われているのか？

「はぁはぁ」

全力を出し尽くし、満身創痍の過去の俺。

リンデンさんが根負けして、ようやく受け取れたギルドカードを大切そうに胸にしまう。

その時だ。回想の音量ボリュームを上げる。

リンデンさんが誰にも聞こえないような小さな声で呟いた。

「……タクのことが心配だからじゃないっ」

いつも冷静沈着なリンデンさんが、その表情を崩して悔しそうにしている。あんな顔をするリンデンさんを俺は今でも見たことがなかった。いや、そもそも俺はリンデンさんと知り合いですらなかったはずだ。

『タッくん、なんなん⁉　リンデンさん、タクっていうたでっ！　タクって何っ⁉　いつのまにリンデンさんとそんなことになってたん！　浮気や！　浮気やっ！　もう離婚するっ！』

カルナが錯乱しながら、叫んでいる。

うん、浮気でもないし、結婚もしていない。

「いや、知らないよっ！　そもそも、この時のリンデンさん、魔王の影響を受けていないから顔も違うし、完全にこの時が初対面で……あれ？」

じっ、とリンデンさんの顔を見る。

大武会の後にヌルハチが教えてくれた。

魔王の器になったものは、魔王本体に酷似(こくじ)していく、と。

だから、それ以前の、本当のリンデンさんの顔をじっくり見るのは、この過去回想が初めてだった。

なのに……

「……俺、リンデンさんのこと知ってる」

しかし、それがいつのことなのか、まるで思い出せない。

『タックん？』

「もっと、昔だ。冒険者になるよりもずっと前、俺はリンに会っている」

その呼び名は自然と口から出てきた。だが、それ以上のことは何もわからず、更なる過去回想にも入れない。

その記憶はまるで封印されているように、思い出すことができなかった。

閑話　大武会・アリス大戦　4【リンデン】

薄暗い闇の中にいながら、意識は微かに保たれていた。

まるで夢を見ているような感覚だが、それが自分に起こっていることだと認識できている。

魔王の器となってから数年、この状態は思っていたより心地良かった。


大武会の舞台の上、魔王、ヌルハチ、アリスの三人が対峙する。私は意識の底から、もう一人、そこにいる者の気配を感じていた。そして、タクが不自然に眠りについた時、彼がそこにいることを確信する。

すべては計画通りといったところか。

最初に彼がこの計画を持ち出してきたのは、ギルド入門試験の時だった。

誰にも本当の感情を見せずに生きてきた。私の本心を探ることなど、誰にもできないはずだ。だが、リックは一目見ただけで、私のタクに対する想いに気がついた。

私はタクの冒険者資格をなんとか剥奪しようとして、二回目の入門試験を受けさせる。

リックが動いたのは入門試験が終わり、ギルドカードを渡した時だった。

【お前の想いを叶えてやる】

そう書かれたカードを渡された時も、私は冷静な対応を崩さなかった。

しかし、「お前の願い」ではなく、「お前の想い」と書かれたカードを見た瞬間、私の心はもう決まっていたのだろう。

タクは私のことを覚えていない。

幼い頃、一緒に過ごした思い出はタクの中から消えてしまった。

すべては私の愚かな行いのせいだ。

だから、思い出して貰おうなんて考えない。

ただ、危険な冒険者になることだけは、どうしても止めたかった。

タクは前よりも上のDランクになり、更に危険なクエストを受けられるようになってしまう。私は浮かれながら新しい仲間達とギルド本部を後にするタクを見送ることしかできなかった。

そんな時、リックから渡されたカードの文字が変化していることに気がつく。それはかなり珍しい伝達通信(メッセージ)カードと言われる魔法カードだった。

【魔力を鍛えておけ。また連絡する】

タクと一緒にいなければ、あまりの怪しさに捨てていただろう。しかし、タクとの繋がりになるものを私は捨てることができず、利用されるとわかりながら、リックの計画に深く関わっていく。この時は、まさか自分が魔王の器になることなど、考えてもみなかった。

リックは、この大会でタクを優勝させるつもりだろう。その後にはじめて、例の計画は発動する。

だが、それはきっとタクの本当の望みではない。

十豪会(じゅうごうかい)で、あの山を訪れた時に知ってしまった。

今のタクは、ただあの山で静かに暮らしていたいだけだ。

「……悪いけど、ここからはシナリオ通りではなくなるわ」

その声に一番驚いたのは魔王だった。私はずっと、意識を閉ざして主導権を魔王に譲っていた。不意打ちのように、その権利を奪ったことで魔王は軽く混乱したのだろう。

『リンデンっ！　お主っ、こんな時にっ！』

自分の意思で転移魔法を発動させる。

私のすべてはこの時のためにあった。


魔王と会うために、死に物狂いで会得した転移魔法。

決して開かれない扉を無視して、自分自身をそこに転移させた。

その時の動揺した魔王は、今も忘れることができない。

『な、何者だっ⁉　どうやってここに来たっ⁉』

アリスのため、ヌルハチのため、二度とダンジョンから出ないと誓っていた魔王を説得して、タクミ争奪戦に参戦させる。魔王の意思は、今のタクミの現状を説明することで、簡単に揺らいでいった。

「このままでいいの？　彼はアリスの側にも、ヌルハチの側にもいない。それでも貴方は、ただの傍観者で構わないの？」

そう、見ているだけでは何も変わらない。

私達は、もう我慢なんてしなくていい。

魔王と私の利害は一致していた。どちらもタクミが必要で、それを求めている。

しかし、魔王が私の中に入った後、しばらく経ってから気がついた。

誰かとタクミを重ねている？

魔王が中に入り、身体が魔王に似てくると、毎晩のように夢を見るようになった。

赤毛で栗色の目をした青年が笑いかけてくる。温かい気持ちになった後、すぐに胸が締め付けられるように苦しくなった。

魔王がアリスやヌルハチのように、すぐにタクミの元へ走らなかったのは、すでに大切な人がいたからなのか。


「魔王、貴方と過ごした日々、なかなか刺激的だったわ」

魔王にだけ聞こえるように言って、空間に転移魔法が発動した。

最初に転移させるものは決まっていた。魔王の大迷宮（ラビリンス）と転移のルートを連結（アクセス）させる。舞台の中央に氷漬けにされた魔王の本体が出現した。

「さよなら、魔王。いままでありがとう」

そう言ったと同時に、私の身体から魔王の精神体（アストラル）を吐き出した。それに呼応するように精神体（アストラル）の魔王と本体の魔王が共鳴し、封印された氷が粉々に砕け散る。

何千年ぶりだろうか。真の魔王が舞台の上で復活する。その圧倒的な存在感は、ただそこにいるだけで、周りの全てを吹き飛ばしそうだった。

だが、そんな中で一人だけ、魔王の力を跳ね返すように、真っ正面から突っ込む者がいる。

「参る」

アリスだ。

笑みを浮かべながら、魔王に向かって全力の拳を振るった。とてつもない大きな力と力がぶつかり合う。

この時だ。

私はこの瞬間をずっと待っていた。

これまで貯めていたすべての魔力を放出する時がきた。

連続転移魔法。魔王と同化する前から、そして魔王と同化してからも捕獲していた強力な魔物達。

それらを全てここに召喚する。

「全放出空間魔法・百鬼夜行」

舞台上に所狭しとひしめく魔物の群れ。あまり役には立たないかもしれないが、一回戦で捕らえた四天王（?）の不死王ドグマもついでに召喚しておく。

観客席から悲鳴が上がる中、私はタクの側までゆっくりと歩いて行く。

「リンデン、お前はっ……」

姿の見えないリックの声が聞こえたが、聞こえないフリをする。

悪いが協力はここまでだ。

リックの計画がうまくいけば、完全なる世界(パーフェクトワールド)は、実現されるかもしれない。本当に多くの者達が幸せになれるだろう。だが、私はそんなものよりも、タク一人が幸せになれば、それでよかった。

この場にいる者をすべて倒し、私は優勝する。

タクのためならば、私も世界もどうなっても構わない。

魔物達がアリス達によって、粉々に粉砕される中、転移魔法を超える私の秘奥義を発動させる。

「極盛(ごくもり)合成魔法・ギガキメラ」

百体以上の魔物が混ざり合い、一つの魔物となり、咆哮する。その叫びは、この世のものとは思えない禍々しい響きを含んでいた。

そして、舞台からはみ出るほどの巨大な魔物の頭部にちょこんと四天王(?)ドグマの上半身がくっ付いている。

「なんだ、一体どうなってるんだ?」

ちゃんと混ざってないようで、魔物とは別の意識を持っているようだ。ちょっと半泣きで、キョロキョロと辺りを見回していた。やはり、四天王(?)ドグマはいらなかったか、と少し後悔する。後でこっそり外しておこう。

「キメラ、だとっ」

姿を消しているリックの声が大きく響く。

そうだ。十年前にリックがアリスにけしかけたあのキメラだ。もっとも、あの頃、私が造り出したキメラより何百倍も強力なものだ。

そして、私の推測が正しければ、アリスは……

「あ、う、うわぁぁぁあぁあああっ」

タクミが傷つき、自身が暴走した原因となったキメラの出現に、アリスが半狂乱になりながら叫ぶ。

やはり、彼女にとって、この魔物はトラウマになっている。

彼女を倒し、すべてを倒すのは、このリンデン・リンドバーグだ。

ギガキメラが再び咆哮をあげ、アリスに襲いかかる。

だがこの時、誰も予測していなかった事態が起こった。

隣で寝ていたはずのタクが、いつのまにかいなくなっていた。

いつ、目覚めたのか。

そして、何故、そんなことができるのか。

タクはギガキメラとアリスの間で、アリスを守るように両手を広げて立っている。

ぐしゃり、と肉が潰れる音と共に、目の前が真っ赤に染まった。

四章
完全なる世界

うちの弟子がいつのまにか人類最強になっていて、
なんの才能もない師匠の俺が、それを超える
宇宙最強に誤認定されている件について

1　皇帝ベヒモスとの死闘

「さて、パーティーもできたことだし、次のクエストはS級に挑戦しようかの」

ヌルハチの言葉に、Dランク冒険者になって浮かれていた俺の気分が奈落の底まで沈み込む。

「そ、それはちょっと無茶なんじゃないかな?」

前回のAAA級すら死に物狂いだったのに、伝説級のS級クエストに挑んで生き残れる気がしない。

「心配するな。この三人はなかなか優秀だ。S級といえど、臆することはない」

ヌルハチに説得され、S級のクエストを受諾する。

【S級　皇帝ベヒモスの討伐】

それは、古代龍と並ぶ超級魔獣の討伐クエストだった。

『なんでヌルハチ、こんな無茶なクエストばかり受けてるん?』

「この当時はわからなかったよ。でも今ならわかる。ヌルハチは魔王の大迷宮の扉を開けるために魔力を貯めていたんだ」

あの頃の俺は、無茶なクエストばかりに挑むヌルハチを鬼としか思わなかった。

「ヌルハチっ、タクミが焦げてるっ!」

「サシャ、水をかけながら回復魔法をっ！　リック、こっちはいいっ！　タクミのガードに専念しろっ！」

巨大な岩に囲まれた渓谷で、皇帝ベヒモスとの戦闘が始まった。

完璧な獣と呼ばれるその魔獣は、これまで見たどの魔獣よりも大きく、最大の陸上生物パオーンの数十倍の大きさだった。鉄のような黒い外殻に覆われた、巨大な鎧獣。それが皇帝ベヒモスを見た俺の第一印象だった。

「ゴオオオォォォォウッ！」

皇帝ベヒモスが息を吐くたびに、口から熱波が噴出される。熱防御に耐性のない俺は、真っ先に焼け焦げた。

『あかんっ、タッくんっ！　レベル違いすぎて、近くにいるだけで灰になりそうやでっ！』

「うん、知ってる。俺、この後しばらく火を使った料理作れなかった」

地獄の思い出が蘇り、震えが止まらない。

リックとサシャの援護を受けながらも、焦げて黒くなり、瀕死になっている過去の俺。

二回目のギルド入門試験で調子に乗っていた面影すらない。

ヌルハチと皇帝ベヒモスの激闘は熾烈を極め、お互い決め手に欠け、睨み合っている。

その時だ。

「ゴガァアアアアアッ！！」

突如、渓谷の上から巨大な岩が皇帝ベヒモスに向かって、落ちてきた。頭上を見上げると、いつの間にかいなくなっていたバッツが、丸太を使った簡易的な仕掛けで、大きな岩を次々と落としている。岩を落とした程度で鉄のような皮膚を持つ皇帝ベヒモスに、それほどのダメージはあるとは思えない。だが、明らかに集中力が散漫になり、これまで無かったような隙が生まれる。それを見逃すようなヌルハチではなかった。

ヌルハチが、自身を覆っていた制御のマントを脱ぎ捨て、膨大な魔力を放出する。

ヌルハチの頭上にとてつもなく巨大な魔法陣が浮かび上がった。

両手を広げて、ヌルハチは見えないピアノの鍵盤を叩き付けるように振りかぶった。

その動きと連動し、巨大な魔方陣から光が噴出する。

真っ直ぐに、ただ一直線に、ビーム状となった光が皇帝ベヒモスに向かって降り注ぐ。

鉄のような皮膚が、まるで熱した飴細工のように溶けていく。

「ゴアギャアアぁあぁアアアアアアぁっ」

皇帝ベヒモスが断末魔の雄叫びをあげる。

決着がつく。

その場の誰もがそう思った。

だが……。

最後の最後に力を振り絞った皇帝ベヒモスの口から何かが飛んでくる。

それは炎を纏った人の頭ほどの小さな塊だった。

「馬鹿なっ！」

かつてヌルハチがここまで動揺するのを見たことがなかった。

皇帝ベヒモスの本体は、ヌルハチの極大の光のビームで完全に溶けてなくなっている。

だが、最後に吐き出した炎の塊は、その光を切り裂いて、うねりをあげて飛んできた。

ヌルハチに、ではない。

この場で最も力のない最弱の男。

つまりこの俺に向かって、飛んできたのだ。

『タッくんっ！　あかんっ！　逃げてぇぇっ!!』

これが過去回想ということも忘れてカルナが絶叫する。

「リ、リックっ！　頼むっ、タクミをっ！」

ヌルハチの叫びには、祈りや願いが込められていた。

それほどまでに、この炎の塊は絶望的な死を予感させた。

過去の俺はこの状況に耐えきれず、立ったまま気絶している。

「……連層千枚ノ盾（シールドミルフィーユ）」

リックは盾を何層にも重ねて、炎の塊を迎え撃つ。

だが、そんなものなど御構い無しといったように、盾はパリンパリンと次々に割れていく。

「聖強化（セイントドーピング）っ」

サシャがリックの盾を強化するため、魔法をかける。

「きゃっ！」

だが、それも全く意味をなさず、かけた魔法ごとサシャが吹っ飛ばされた。

『タッくんっ、もうあかんやんっ！　これ、タッくん、死んでしまうやんっ!!』

「いや、覚えてないけど、今生きてるから助かるっ、はずっ、だと思うっ、たぶんっ！」

自分でもどうやって助かったのかまるでわからない。

「……やむを得ない」

炎の塊が過去の俺に当たる直前で、その間に立ったのは、全ての盾を砕かれたリックだった。

まるで勢いの止まらない炎の塊を、その胸で受け止める。

リックの黒い鎧が燃え盛り、衝撃が振動する波のように襲いかかった。

『……タッくんっ！』

「ああ、見てるよ」

燃えたリックの黒い鎧がボロボロになって崩れていく。

だが、それは外側の表層だけで中から金色に輝く、新たな鎧が顔を出す。

「リ、リック、それは……無敵の鎧アイギスかっ!?」

ヌルハチが声を上げる。

黄金の鎧の中で、炎の塊はその動きを止めていた。

よく見ると籠手の部分も黒色のメッキが剥がれ、稲妻が刻まれた銀色に変わっている。

『雷神トールの籠手ヤールングレイプルや』

「全部、魔装備なのか」

『うん、普通ならありえへんでっ。魔装備は一つでも装備するのが難しいねんっ。リックはそれを三つ以上装備してるんやっ！』

三つ以上。

そう一番目立っているのは、鎧でも籠手でもなく兜だった。

真っ黒だったその兜は、今は血のような真っ赤な色に染まっている。

リックはただの黒い鎧を着ているわけではなかった。

その全身を魔装備で固めていたのだ。

「それは存在を消せるハデスの兜か。神話か何かで聞いたことはあったが、本当に存在していたのか」

渓谷の上から降りてきたバッツがリックに問いかける。

しかし、リックは無言のまま、何も答えはしなかった。

「まあ、アンタが何故、そんな魔装備を持っているかなんてどうでもいいさ。仲間を助けてくれた。それだけでいい。なあ、ヌルハチ」

ヌルハチはすぐには答えなかったが、立ったまま気絶している俺を見た後、静かにうなづいた。

「そうだな、よくタクミを守ってくれた。感謝する、リック」

リックはこくり、とうなづいただけで何も話さなかった。

何か呪文のような文言を唱えると再びすべての装備が黒く染まっていく。

「いたたた、あれ、リック、どうなったの？」

強化魔法に失敗して、吹っ飛ばされていたサシャが戻ってくる。

過去の俺はまだ気絶したままだ。

「あの炎の塊どうなったの？　え？　リックが受け止めたのっ⁉」

サシャがリックの手の中にあるものを覗きに行く。

皇帝べヒモスが最後に吐き出したもの、それは……

「もきゅ」

可愛い声で鳴いたのは、手の平サイズまで小さくなった産まれたての赤ちゃんべヒモスだった。

2　赤ちゃん獣と未熟カレー

「もきゅ、もきゅもきゅもきゅ、もきゅう？」

皇帝(カイザー)べヒモスから産まれた小さな獣はまるで別物の可愛い獣だった。

鉄のような皮膚はなく、全身は白い体毛に覆われ、目も口も隠れている。唯一見えているのは豆粒のような、黒い小さな鼻だけだ。

「なにこれっ、かわいいーっ！　モッフモフ！」

俺の腕の中で抱かれる小型べヒモスを、サシャが俺ごと抱きしめる。

『ああっ、タッくんが照れてるっ。慣れへん女子からのスキンシップで照れてるーっ！』

「やめてあげて。あの頃の俺、女子との接触ほぼゼロなんだから」

もっとも今もそんなに変わらないのは秘密である。


「もきゅっ、もきゅっきゅっ！」

俺に抱かれている時は大人しかった小型ベヒモスが、サシャに抱かれて暴れ出す。

「あ、あれ？　なんで、お姉ちゃんのこと嫌い？」

「もきゅ」

即答するようにうなづく小型ベヒモスにガガーーンと、サシャが崩れ落ちる。

「なんだか知らんがタクミにだけ、懐いているな」

バッツが触ろうとしたら、もきゅっ、と噛みつこうとする。

本当に俺にだけ懐いているようだ。

「その獣は皇帝(カイザー)ベヒモスの生まれ変わりみたいなものだ。敵として戦ったヌルハチ達を嫌っているのだろう。唯一、敵意を見せなかったタクミだけに心を許しているみたいだな」

そう言いながら、ヌルハチは魔法で溶かした皇帝(カイザー)ベヒモスのほうに手を伸ばす。

「ふむ、想像以上の魔力だ。これは思ったより早く目的の数値に辿り着きそうだ」

「もきゅっ、もっきゅうっ！」

腕の中で小型べヒモスがヌルハチに怒っている。

確かに生まれ変わりなら、自分をやっつけて魔力を奪ったヌルハチを憎んでも仕方がない。

「ちょっとまてよ、じゃあコイツ、やがてはあの巨大な皇帝（カイザー）べヒモスに育つってことか？」

「心配せんでもあそこまで成長するのに、千年以上はかかるじゃろう。今はただの小動物だ。飼うなり、食べるなり、好きにしたらいい」

「も、もきゅんっ！」

食べるというヌルハチの言葉に反応して、俺の腕の中に隠れる小型べヒモス。どうやら俺達の言葉がわかるようだ。さすがにそんな獣を食べる気にはなれない。

頭を撫でると、嬉しそうに喉をゴロゴロと鳴らし、尻尾を振る。

ネコ科なのか、イヌ科なのかどっちなんだろうか。

わたあめのような小型べヒモスを持ち上げる。

「よし、名前をつけるか」

小型べヒモスを飼うことに決め、名前を考える。

「ねえ、べヒ坊てどうかな？　可愛くない？」

「もきゅっ！」

瞬時に首を横に振られて、再びガガーーンと落ち込むサシャ。

「非常食というのはどうだ？」

「オイラはわた肉がいいと思う」

「もっ、もももももっ!!」

うん、みんな食おうと思ってるよね。

ヌルハチとバッツが提案した名前に、小型ベヒモスがめっちゃ怒っている。

リックは興味がないのか、少し離れたところで静観していた。

「じゃあ、赤ちゃんだし、ベビモって名前はどうだ？」

「もっきゅーーんっ」

どうやら気に入ってくれたようで、尻尾をぶんぶん振って喜んでいる。

「やはり、タクミにだけ懐いているようだな」

いや、違うぞヌルハチ。

それとは関係なく、非常食やわた肉は名前じゃないからね。

『なあ、タッくん。今ベビモおらんけど、どうなったん？　やっぱり食べてしもたん？』

「食べてないよっ！　今も元気に生きてるよっ！」

パーティーから抜けた後、一度だけ会って、元気でいるのを確かめたが、もう随分と長く会っていないな。

今回のゴタゴタが片付いたら、久しぶりに会いに行こう。

「もきゅ」

今の俺に答えるように、嬉しそうにベビモが鳴いた。

それからもヌルハチは何度もS級（ランク）のクエストを受けて、俺は何度も死にかけた。

ほとんどのクエストで気を失っていたのだが、過去を振り返るとその映像や出来事が全部わかってしまう。

「どうして、俺が見てないことまで覚えているんだろう？」

『実際見てなくても脳はいろんなものをデータ化して記憶しておけるねん。うちも剣になってから、視覚やなくて感覚で見えるようになってるもん』

「超感覚みたいなものか？」

『意識がなくて見えてなくても、脳や身体に記憶が残ってるんやろな』

意識の狭間、という言葉を聞いたことがある。意識がなく、脳の活動が停止していたはずなのに、その間の出来事を完全に記憶しているというものだ。意識は外側からは見ることができない冬眠的状態であるとしても、しばらく存続しているのか。

「もきゅ、もきゅ」

S級（ランク）のクエストにベビモを連れて行くのは、大丈夫かと心配していたが杞憂（きゆう）だった。小さくても元は皇帝（カイザー）ベヒモス。魔物からの攻撃が来た時には、息を吸い込んで身体を大きく膨らませ、俺をガードしてくれる。

「もきゅ？」

大丈夫？　とか言ってくれているのだろうか。

あまりの可愛さに抱きしめてしまう。

「ありがとう、ベビモ。今日のご飯、腕によりをかけて作るからな」

「もっきゅーーーっ！」

一緒にクエストで戦い、ご飯を食べ、共に寝る。

ベビモはいつのまにか俺のかけがえのないパートナーになっていた。


『タッくん、小動物に守られてるやん。普通逆やない？』

「うん、俺もそう思う」


クエストを終えた後は、頑張ったみんなのために食事を作るのが俺の役目になっていた。

「タクミ、私も手伝おうか？」

「いいよ、サシャ、俺の回復で疲れただろう。俺、何もしてないからな。せめて料理くらいは任せてくれ」


そう言って、一人黙々と料理をする過去の俺。

『タッくん、クエストしてる時より、イキイキしてるやん』

「うん、この頃から料理の楽しさに目覚めたんだ」

荷物の中から、瓶をいくつか取り出して鍋の前に並べていく。フタを開けるとスパイスの香りが鼻をくすぐる。

「今夜はカレーにしよう。ベビモがいるから少し辛さは控え目にしておこう」

まだまだ甘いな過去の俺。

スパイスを沢山使って、得意げになっているがその組み合わせは好ましくない。

本当にうまいカレーは、素材の味を生かし、スパイスはあくまでそれを助ける補助として使わなければいけないのだ。それでは一流の料理人と名乗るのはまだまだ先のことだ。

『いやタッくん冒険者やから。何料理人目指してるん。まぁタッくんの荷物、すでに料理関係しか入ってへんけど』

いつのまにか冒険者の装備はヌルハチに買ってもらった大剣だけになっていた。

もう心の中では、すでに冒険者として活躍する夢を諦めていたのかもしれない。

「みんな、できたぞ。沢山おかわりあるからな」

今の俺にとっては、まだまだ未熟なカレーもヌルハチ達には大好評だった。

「もきゅ、もっきゅぅ」

「おお、食べるの早いな、ベビモ。もうおかわりかっ」

ベビモの口についたカレーを拭ってやりながら、おかわりをよそう。

『楽しそうやな、なんで冒険者、やめてしもたん?』

カルナのその質問には答えなかった。

「もうすぐ見れるよ」

その答えになる出来事。

俺がアリスと出会う日は、すぐそこまで迫っていた。

3　異質達

ベビモは魔王の大迷宮（ラビリンス）に入ろうとしなかった。

小さい身体で頑（かたく）なに拒否して、いきません、を強調している。

地面にへばりついて離れないベビモを、仕方なく置いていくことにした。

「そういえばカルナもここで体調崩したな。何か関係あるのか？」

『わからへん。でもうちも魔装備やし、ベビモも魔獣やから関係あると思うで。魔王の大迷宮（ラビリンス）には、四天王も近づかへんし、魔王本体から出てるオーラは、うちらにとって毒みたいなもんやと思うわ』

「本体のままだと、魔王は同じ魔族の仲間とも一緒にいられないのか？」

大武会でリンデンさんを失った魔王は、また新しい憑代（よりしろ）を探しているのだろうか。

『同じやない、と思うで。魔族は普通の種族が負の感情が爆発した時に変化したものや。でも、魔王は違うねん。生まれた時から魔族やったって聞いてる。そんなん魔王ただ一人やからな』

「……そうか、たった一人なのか」

その異質な存在はどうやって生まれたのだろうか。

いや、魔王だけではない。

人間として、その強さの限界を遥かに超えているアリスもだ。

『本当に創造神がいるなら、魔王は間違えて作られたんやと思うわ。世界のバランスを崩してしまう存在やからな。昔、神々と戦ったちゅう噂もあるし、神様は魔王をなかったことにしたかったんちゃうかな』

それが本当ならひどいことだ。

魔王には散々な目にあわされたが、少し同情してしまう。

『けど、神様、魔王を倒されへんかったのに、なんでその後なんもせんかったんやろか。もしかして、アリスを魔王の大迷宮(ラビリンス)に捨てたんは……』

「やめよう。全部、推測に過ぎない」

アリスが魔王を倒すために神様が作った人間だとしたら、あまりにも悲しい。

そんなことのためにアリスが生まれてきたのではない、そう信じたかった。

カルナと会話している間に、過去の俺が魔王の部屋の扉を簡単に開けてしまう。

【エラー。力ノ測定ガ、デキマセン。機能ヲ停止シマス】

『扉の仕掛け、単純やわ。力の総量を測って天秤にかけとる。でも力がゼロやと測ることすらできひんから、エラーを起こして開いてしまうねん』

「力がゼロの人間なんて想定外だったんだな」

自分で言ってて悲しくなる。

想定外の最弱とか、あまりにも情けない。

『あれ？　そういえばそうやな。タッくんもよく考えたら唯一無二の存在やな。いや、これって。もしかしてアリスやなくて、タッくんが……』

「カルナっ、アリスが何を言ってるかわかるぞっ」

カルナの言葉を遮って話しかける。

出会った時、獣のように吠えているだけと思っていたアリスは、ちゃんと意味のある言葉を話していた。

『魔族語やな。うちがおるから自動で翻訳されてるんや。タッくん、ボリュームあげて』

過去回想の音量ボリュームを上げる。

アリスに近寄る過去の俺に向かって、アリスはハッキリとこう言った。

『なに、こいつ？　壊していいの？』

アリスが言った言葉がわからずに、ニコニコしている過去の俺。

アリス、すっごい怖いこと言ってたっ！

逃げて！　過去の俺、早く逃げてっ!!

だが、俺の忠告を無視して、過去の俺はアリスの頭を撫でようとする。

過去では気がつかなかったが、幼いアリスは俺に向かってぶん殴ろうとして、手を振り上げていた。

「ええっ！　これっ、俺、死んじゃうよっ!?」

『死んでたら、今おらんから大丈夫や』

確かにカルナの言う通りだった。

『んっ』

過去の俺の手がアリスの頭に触れる。

同時に放たれたアリスの拳は、なぜかヘロヘロと力が抜けて、ぺちん、とやさしく俺の肩に当たった。

俺はアリスを抱っこして、ヌルハチ達と魔王の部屋から出て行く。

そんな中、最後に部屋を出たリックが中を覗きこむように振り向いていた。

「リックには見えているのか？　精神体（アストラル）の魔王が」

『わからへん。でも見えてるみたいやな。タッくん、リックが鎧脱いだん見たことある？』

「いや、一度も鎧の下は見たことはない。どうしてだ？」

『……リックって身体あるん？　存在感が精神体（アストラル）の魔王と似ているような気がするねん』

「……いずれまた」

考えたことも無かった。

そうなるとリックは人間ということも怪しいことになる。

ボリュームの上がった過去回想で、リックは魔王に向かって確かにそう言っていた。

「もきゅっ！　もっきゅーーっ！」

地上に出てきた途端にアリスに向かってベビモが吠える。

「シャーーっ！」

アリスも対抗して威嚇（いかく）していた。

翻訳されないところを見ると、魔族語ではなく本当に吠えているようだ。

『めっちゃ仲悪いやん。なんでなん？』

「わからん。お互い気に入らないみたいだ」

『どっちもタッくん、好きやから取り合ってるんかな？』

アリスとベビモはどっちも俺にしか懐かないのに、顔を合わせると喧嘩ばかりしていた。仕方ないのでサシャに抱っこ紐とおんぶ紐を作ってもらう。前でベビモを抱っこして、後ろでアリスをおんぶする。

いつのまにか、それが俺の冒険者スタイルになっていた。

『ぷっ、タッくん、育児を頑張るお母さんみたいになってるで』

「くっ、剣で戦うより似合ってやがる」

ペットと幼女をあやしながら、冒険する過去の俺は、入門試験の時より輝いて見える。

ヌルハチ達が戦闘する横で、ベビモにミルクをあげながら、アリスにおやつをあげている。

いつのまにか、ヌルハチに買ってもらった大剣は、馬車の中にしまうことが多くなっていた。

『タッくん、リックが……』

ヌルハチは再び魔力を貯め直すため、S級クエストを次々と受けていく。

過去では気付かなかったが、リックは倒した魔物の身体の一部を試験管のような瓶の中に入れていた。

「ああ、そうか。アレはリックが関係していたのか」

混沌の谷の事件を思い出す。様々な魔物が融合し混ざり合ったキメラと呼ばれる変異体。アリスの一撃を喰らいながらも反撃してきたあの魔物は、やはり自然に生まれた存在ではなかった。

リックが全ての黒幕ということを改めて実感する。

だが、それと同時に仲間として一緒に暮らした日々も思い出す。

「……リック」

未来からの俺の声は、過去のリックには届かなかった。

4　あの日へ

ギルド本部には、定期的に出向いていた。

クエストの報酬を受け取ると同時に、新たなクエストを受ける。

その際、リックがコッソリと受付のリンデンさんに魔物の身体の一部が入った試験管のような瓶を渡していた。

『大武会の時と同じやん。リンデンとリックは十年以上前から組んでたんやな』

「ああ、そうだな」

胸が締め付けられるように、息苦しくなってくる。

リックは、最初から俺やアリスを使って何かを企んでいたのだろうか。

少しも、ほんの少しでも俺達を仲間とは見ていなかったのだろうか。

『しかし、合成魔法や空間魔法は、どっちも失われた古代魔法や。どうやってリンデンは身に付けたんやろ？　リックが教えたんやろか』

「……わからない。でもリックが古代魔法を使うとこなんて見たことがない」

ベビモとアリスの面倒を見ることに必死な過去の俺は、リックの怪しい行動などまるで見ていない。

いや、あの頃の俺は、そんな考え自体、持っていなかった。

『タッくん、もう過去回想見るのやめへん？　知らんでいいこともあると思うねん。リックが何を企んでても、知らんぷりしとこうや。そやな、良かったら、ふ、二人でどっかに行かへん？　全部ほっといて、誰もおらんとこで静かに暮らそうや』

「……無理だよ、カルナ。それはもう十年前にやってしまった」

すべてのことから逃げ出した過去は、もう変えることができない。

「その時のツケを返す時がきたんだ」

だけど、過去を見て未来を変えることはできる。

「現在受けられるS級(ランク)のクエストはございません。そうですね、ランクは少し落ちますが、混沌の谷でAA級のクエストが一件ございます」

「ふむ。仕方ないか。ターゲットはなんだ？」

「ターゲットは……少々お待ちください」

リンデンさんがヌルハチとの会話を中断し、突然、俺のところに歩いてくる。

「それ」

リンデンさんは、俺を指差してそう言った。

「ああ、こいつは拾ったんだ。大丈夫だよ、大人しいから」

「違います。その服です」

胸に抱いているベビモのことを注意しに来たと思っていたが、どうやら違うらしい。服を見るといつのまにかシャツのボタンが無くなって、胸の肌が露出していた。

ベビモのほうを見ると、プイと目線を逸らす。

こいつ、ボタン全部食べやがったな。

「脱いでください。ちょうど手持ちに予備のボタンがあります」

「ええっ、ここで？　いいよっ、悪いよっ」

そう言ったのに、無言でリンデンさんは、俺の服を脱がせ始める。

「ちょ、ちょっとっ！　受付がそんなことするなんておかしくないっ？　私がやってあげるわ、やめなさいっ」

サシャの声がまるで聞こえないのか、リンデンさんは俺から脱がした服に手際よくボタンを縫い付けていく。

「優しいんだな。受付のお姉さん。次はオイラも頼めるかな？」

いつのまにかバッツがシャツのボタンを全部ちぎって、前を全開にはだけさせている。

パチン、とリンデンさんが指を鳴らすと入門試験の時のようにギルドの衛兵さん達がやって来た。

「その猥褻物を連れて行って」

「えっ、うそっ、またかよっ！　やめてーー！」

再び衛兵に両脇を抱えられて退場していくバッツ。

『タッくん、どうしたん？　なんかぼー、としてへん？』

「ああ、ほんの少しだけ違和感があるんだ」

デジャヴというやつだ。

俺は昔、同じようなことをリンデンさんにされている。

だけどそのことを思い出すことができない。

幼い頃の記憶は完全に消えてしまったのだ。

「できました、どうぞ」

「あ、ありがとう」

ボタンを付け終わるとリンデンさんは何事も無かったかのように受付に戻っていく。

「お待たせしました。それでは混沌の谷でのターゲットを……」

「いや、おかしいじゃろっ！」

受付から動かなかったヌルハチがようやく突っ込んだ。

「なんじゃ、お主はっ。うちのタクミに気があるのかっ。よくできる女ですアピールかっ」

「そんなつもりはありません。たまたま裁縫の練習がしたくなっただけです」

「ならバッツですれば良いではないかっ」

「それは断固拒否させて頂きます」

ヌルハチの口撃を強引にかわしていくリンデンさん。

「これからボタン取れてたらすぐ言ってね、タクミ」

「あ、ああ、うん、わかった」

サシャが過去の俺のシャツの裾を掴んで拗ねている。

『過去でもタッくん、モテモテやな』

「そうでもないよ。俺が頼りないから、みんな保護者の気分なんだよ」

ようやくクエストを受けて、ギルド協会を後にする。

出る時にリンデンさんが誰にも気付かれないように、こっそりとリックに卵のようなものを渡していた。

「むにゃ、タクミ、ご飯まだ？」

アリスが俺の背中で、しあわせそうにそう尋ねる。

これから起こる惨劇など、知る由もなかった。


混沌の谷でのクエストは、いつもより順調に進んでいた。

最近はヌルハチの魔法に頼るだけではなく、クエストに挑む前には、リックが作戦を立てるようになる。それがいつも見事にハマり、効率よくクエストを達成していく。


「リックをこのパーティーのリーダーに任命する」

キャンプをしている時に、ヌルハチがそう宣言した。

辺りはすでに真っ暗になり、焚き火を囲むように五人で円になる。すぐ側でベビモとアリスは、絡まるように抱き合って寝息を立てていた。起きている時は喧嘩ばかりだが、寝ている時だけは仲が良い。お互いの体温が気持ちいいのだろう。

「……別にどちらでもいいが」

リックは特に嬉しそうにも、嫌そうにもしなかった。

与えられた役割を淡々とこなす。

リックはずっとそんな感じだった。

「よろしくな、リック。頼りにしてるぞ」

ただ俺がそう言った時、リックは何かを言いかけて、自らそれをやめていた。

鎧で表情は見えなかったが、リックはほんの少しだけ迷っているのだと思った。

馬鹿な俺はそんなことには気付かず、アリスとベビモのほうに行って、毛布をかけている。

あの時、俺がそのことに気がついていたら、これから起きることは止められたのだろうか。

一人になったリックは、鎧の中からリンデンさんから受け取った卵を取り出す。

それは様々な色が混ざった毒々しい卵だった。

『解殼(リバース)』

静かにリックが卵に向かってつぶやいた。

『魔族語や。しかも、あれは……』

卵の殻が破れ、そこから肉が溢れて広がる。

それらが形を成していき、見たことがある魔獣になっていく。

『古代魔法や』

リックの眼前に、アリスが暴走することになった、あのキメラが誕生した。

5　パーフェクトワールド

混沌の谷にキメラの咆哮が鳴り響いた。

アリスの一撃を喰らったキメラは、崩壊する肉体をギリギリの所で繋ぎ止め、急激なスピードで再生していく。そこからアリスに反撃することを予想できた者はいなかった。恐らく、リック以外には……

キメラの反撃を反射的にかわしたアリスの先に間抜けな俺が呆然と突っ立っていた。

ぐしゃ、という音と共に身体がひしゃげ、周りの木を薙ぎ倒しながら吹っ飛んでいく。

『タッくんっ!?』

「ああ、見てるよ。不思議だったんだ。俺がキメラの一撃で、死ななかったことが……」

キメラに吹っ飛ばされた俺の周りを、小さな盾がいくつも浮遊していた。

過去では気付かなかったほどの小さな盾。

そこから光のような雫が降り注ぎ、過去の俺の傷を回復している。

リックの癒しの盾は、最初からあらかじめ用意されていたのだ。

キメラの標的は、最初からアリスではなく俺だった。

そして、それはすべてリックの計画通りだったんだ。

ピシッ、という音がした。

過去回想に小さなヒビが入る。

「ああアァあぁあアあああっアッっ!!」

そして、アリスの雄叫びのような悲鳴と共に、次々とヒビが広がっていく。

長かった過去回想が終わろうとしていた。

その中でリックは、ゆっくりと過去の俺の前に近づき、いつものように静かに呟いた。

「タクミ」

意識のない過去の俺はその言葉を聞いていなかった。

それは初めて聞く、リックの本音だったのかもしれない。

「この世界は矛盾に満ちている。いっそ滅んでしまえばいい、そう思えるほどに残酷だ」

そのリックの声は今までに聞いたことがないくらい感情的な声だった。

「それでも、まだ諦めたくないんだ。だから……」

パァァアァァァッン、と何もかもが弾けて飛んだ。

過去回想が砕けたガラスのようにバラバラになり、いくつもに分かれて飛び散っていく。

すべてが壊れた世界の中で、リックの言葉だけがはっきりと聞こえる。

「お前を全ての王にする」

そして、過去回想が終わりを迎えた。


「……これはお前が見せたのか、リック」

現実では数分のことだったのだろう。

過去回想に入る前と全く同じ状態で、リックは俺の前に立っていた。

明らかに、おかしな過去回想だった。

自分の記憶にないことまで、補完されるように見ることができた。

無意識に脳が記憶していたと思っていたが、それだけではないとわかる。

明らかに誰かが俺の過去に干渉していたのだ。

まるで、すべての真相を俺に伝えようとしているかのように……

そして、それができるのは一人しかいなかった。

「リック、答えてくれ。お前は一体、何がしたいんだ？」

どうしてキメラを使い、俺を襲わせたのか。

なぜ魔王の元にリンデンさんを行かせたのか。

あのタクミポイントシステムは何のために作ったのか。

「回想の終わりに聞いただろう？」

リックの黒い鎧に亀裂が入り、そこからまばゆい閃光が溢れ出る。

太陽の光で影が消えるように、闇は消え、煌びやかな本来の魔装備が姿を現わす。

もう、隠す必要もないということか。

「タクミ、お前にはこの世界、いやこの宇宙で唯一絶対の……」

ヌルハチ、サシャ、バッツ、リック、そして俺、あの頃のパーティーメンバーが十年ぶりに一同に会する。

「全ての種族の王になってもらう」

リックがそう言ったと同時にヌルハチとバッツが動いていた。

「タクミがそんなもの、望むと思うか？」

「やめとけよ、リック。そいつは愚策だ」

ヌルハチは鎖の魔法を唱え、バッツは腕からロープを放出する。

それぞれリックを拘束しようと挟み討ちで襲いかかった。

「疾風迅雷」

だが、二人の動きよりも早く、リックの銀の籠手から稲妻が迸る。

雷を呼ぶ雷神トールの籠手、ヤールングレイプル。

落雷にあったヌルハチとバッツが、痺れたようにそのまま動けなくなる。

「やめて、リックっ」

いつのまにかサシャが俺とリックの間に立ち塞がっていた。

「どうしてっ？　あの時、みんなでタクミをヌルハチから逃がしたじゃないっ！　タクミの幸せをみんなで願ったじゃないっ！」

とんっ、とサシャの額にリックの人差し指が触れる。

電撃が走ったのか、サシャはそのまま膝から崩れ落ちた。

「あれはヌルハチがそうなるように仕向けただけだ。そして、俺にも都合が良かった。十年の間に色々と準備が整った」

サシャの横を平然と通り過ぎ、俺の目の前までリックがやってくる。

サシャの目から、こぼれた涙が地面に当たり、ぱんっ、と弾けた。

気を失いながらも涙を流すサシャを見た瞬間、五人で鍋を囲んでいる場面が頭に浮かぶ。

「リック、今すぐみんなに謝ってくれ。でないと俺はお前を許さない」

「……許されなくてもいいんだ、タクミ。いや、むしろ、許さないでほしい」

「これは魔王の、いや魔族のためなのか？」

ここまでリックが感情を表に出して話すことなど、ほとんどなかった。

いや、そういえば、一度だけある。

大武会で魔王とキスしたことを知った時だけ、普段まったく喋らないリックが、本当にキスしたのか？　タクミ、気持ちよかったか？　どんな味がしたんだ？　とかしつこいくらい質問してきた。

リックの鎧の中は見たことはない。

だが、カルナはリックから魔族と同じような気配を感じる、と言っていた。

リックは無言のまま、真紅の兜（かぶと）に手をかけた。

初めてリックが、その顔を表に出す。

『……っ!?』

カルナも俺も言葉を失った。

そこには何もなく、ただ虚無（きょむ）だけが広がっている。

「違うよ、タクミ。魔族のためじゃない。肉体は遥か昔に朽ち果てた。俺はもう魔族でも人でもない」

「なら、何のために、どうして俺を全ての種族の王にしようとするんだっ!?」

顔のないリックの表情はわからない。

「お前ならどんな種族とも関係なく、楽しく食卓を囲めるだろう。人も魔族も、神ですら同じように、一緒に美味い飯を食えるだろう」

それでも、何故かこの時、俺はリックが微笑んでいるような気がした。

「お前が作るんだよ、タクミ。そんな世界を。それが俺が何千年かけても叶えることができなかった世界、完全なる世界（パーフェクトワールド）だ」

頭の中に映像が浮かぶ。

再び過去回想に入ったと錯覚する。

しかし、それは俺の過去回想ではなかった。

氷漬けにされた魔王の前で、ボロボロの鎧を着た騎士が祈りを捧げている。

これは、リックの過去が流れ込んでるのか？

映像は早送りのように流れ、魔王の前の騎士はそのまま動かず、やがて砂のように崩れていく。

「リックっ!!」

それと同時に、目の前にいたリックの存在も完全に消えていた。

閑話　大武会・アリス大戦　5【魔王】

「魔王、貴方と過ごした日々、なかなか刺激的だったわ」

余(よ)にだけ聞こえるようリンデンが小さな声で話す。

空間に発動させた転移魔法が、魔王の大迷宮(ラビリンス)に連結(アクセス)された。

「さよなら、魔王。いままでありがとう」

大武会の舞台中央に、氷漬けにされた余の本体が出現する。

リンデン・リンドバーグ。

最初から、余を利用していることはわかっていた。

それでも余にとって彼女と過ごした日々は、かけがえのない大切なものとなった。

「こちらこそ、ありがとう。リンデン」

その言葉を伝えることはできなかった。

本体出現と同時に、余の精神体(アストラル)は、リンデンの身体から吐き出される。それに呼応するように本体が共鳴し、封印された氷が粉々に砕け散った。引っ張られるように、いや引っ張るように余と本体は混ざり合う。

本来あるべき姿となったのは、何千年ぶりだろうか。力を抑えるため、封印していた身体から、異様なまでの力が溢れ出る。まるでせき止めていたダムが崩壊したように、力の奔流(ほんりゅう)は止めどなく続く。

すぐさま、その力に反応したのは、やはりアリスだった。

「参る」

そう言ったアリスはどこか嬉しそうだった。

共に暮らしながら、アリスとは全力で戦ったことがなかった。

再び本体を封印する前に、ほんの少しだけなら戦っても……

「ほんの少しくらい戦ってくれてもいいだろう」

不意に記憶が蘇る。

本体に戻った影響なのか。

これは、完全に消し去ったはずの記憶だ。

目の前にいるアリスが小さな少年に変わっていた。

赤毛のショートヘアに栗色の瞳。まだ声変わりしたばかりの少年は勇者と呼ばれる存在だった。

「魔王と勇者は戦うものだろう」

自らを勇者と名乗る少年は、何度も余に戦いを挑んでくる。やがて勇者の一族とは何世代にもわたり、戦うことになるのだが、この少年は、他の勇者とは、いや、他の人間とはかなり違っていた。

一番最初の勇者。

後(のち)に始まりの勇者と呼ばれるこの少年は、戦うことが目的ではないように感じた。

戦いが終わっても帰ろうとせず、長話をしていつも居座る。

まるで、戦いに来たのではなく、余と話すために、来ているようだった。

「なあ、魔王って、なんて名前なんだ？」

「何を言ってる。それが名前だ」

「それは違う。魔王は役職で名前じゃない。誰かに名前を呼ばれたことはないのか？」

「そんなものは最初から存在しない。余は生まれた時から魔王としか呼ばれたことがない」

やめろ。思い出させるな。

この記憶を消したのは……

「だったら俺が名前をつけてやるよ。お前の名前は……」

その記憶を背負ったまま、生きていけば、余が壊れてしまうからだっ！


「全放出空間魔法・百鬼夜行」

リンデンが魔物の群れを召喚し、大武会が混沌に包まれる。

四天王（？）の不死王ドグマがその中に混ざり、オロオロしていた。

「リンデン、お前はっ……」

その中で聞こえる小さな声に、頭の中が真っ白になる。

幾重にも重ねた封印が粉々に破壊された。

心の奥の奥、深い奥底に沈めた記憶が、余の身体を突き破るように膨張し、一気に爆発した。

「お前の名前は今日から……だ」

すべてを思い出す。

氷漬けにされた余の本体の前で、ボロボロの鎧を着た騎士が祈りを捧げている。

映像は早送りのように流れ、騎士はそのまま動かず、やがて砂のように崩れていく。

そうか、肉体が滅びても、お前はまだ戦っていたのか……

「リックっ！」

何千年ぶりかに叫んだ名前は届かなかった。

「極盛合成魔法・ギガキメラ」

リンデンが百体以上の魔物を合成させ、巨大なキメラを作り上げる。

ギガキメラがあげた咆哮に、余の叫びはかき消される。

「……キメラ、だとっ」

リックの声は、あの頃と変わっていない。

タクミに惹かれた理由が今わかる。

似ているのだ。

大迷宮（ラビリンス）で、タクミがアリスに名前を付けた時から、余はタクミに惹かれていた。

「あ、う、うわぁぁぁあぁあああっ」

ギガキメラの出現に、アリスが半狂乱になりながら叫ぶ。

トラウマを利用し、リンデンはアリスを倒すつもりだ。

タクミを全てのしがらみから解放するために……

だがその計画は台無しとなる。

ギガキメラの前に、いつのまにかタクミが立っていた。

アリスを守るように両手を広げて、ギガキメラを見上げている。

ああ、やはり二人は似ているんだ。

リンデンが慌てて動こうとする前に、ギガキメラが咆哮を上げながらタクミに襲いかかる。

ぐしゃり、と肉が潰れる音と共に目の前が真っ赤に染まった。

久しぶりに、実に久しぶりに、本来の力を使った。

かなり手加減したつもりだったが、ギガキメラは薄く、ペラペラになるまで圧縮され、舞台は鮮血に染まる。重力を操り、軽く押さえただけのつもりが、勢いあまって挽肉にしてしまった。

「……魔王っ！」

計画が台無しになったリンデンが、余のほうを見て名前を叫ぶ。

「違うのだ。リンデン」

余はゆっくりと首を横に振った。

「名前があったんだ。遥か昔、そう呼んでくれた名前が」

少年だったリックが余に笑いかける。

『お前の名前は、今日からマリアだ』

あの日呼ばれた名前は、もう永遠に呼ばれることはないと思っていた。

「……マリア」

姿が見えないリックが呟く。

その懐かしい響きは、凍っていた全ての感情を蘇らせる。

「余はマリア。魔王マリアだ」

勇者と魔王の戦いが終わった後、草原を二人並んで歩く。

叶うことのない夢のような話をしながら、何気なく名前を呼びあった。

それは、ほんの一瞬の、甘く刹那（せつな）のような幸せだった。

五章
始まりの勇者

1　勇者リック

リックが黒幕とわかってから、ルシア王国は大混乱に陥った。

紛れているとと思われたスパイは、少数ではなくルシア王国の大部分を占めていたのだ。リックが団長を務めていた騎士団のほぼ全員が謀反を起こし、離脱した。残った貴族達も粛清を恐れ、王国から逃亡しルシア王国は壊滅状態となったらしい。

「ヌルハチ、早く戻って体制を立て直して。このままではルシア王国は崩壊してしまう」

「お主が戻れば良いじゃろう。黒幕がわかったのなら、もう偽装結婚の必要もなくなったろう。ヌルハチは今のタクミの側から離れるわけにはいかぬ」

「私だって離れたくないわよっ！」

サシャが声を荒げてヌルハチに抵抗している。

何か揉めているが、止める気力が残っていない。

「……もう、ほっとこうか、ルシア王国」

「……そうね、ナナシンにできるだけ頑張ってもらいましょう」

ええっ！　いいのかっ！　それでいいのか、ルシア王国っ!?

ツッコミに行きたいが、やはりそのような気力が残っていない。

リックが黒幕だという事実をまだ受け止められなかった。

どうして、冒険者時代にもっとリックと話さなかったのか。

あの頃、たくさん話していれば、こんなことにならなかったのでは、と考えてしまう。


「タクミさん」

ヨルを追いかけていたレイアは、ボロボロになって帰ってきた。

例によって、その戦いは全面カットされたが、レイアの表情から望ましい結果でなかったことは見て取れた。


「ヨル、強かったです。大武会の時とはまるで別人でした。全く勝てる気がしませんでした」

ガックリと肩を落とし、力なく話すレイア。

大武会では、全てを見せていなかったのか、それともリックがヨルに何かしたのか。

どちらにせよ、リック率いる隠密達は油断ならないということだ。


「よう、情報集めてきたぜ」

麓(ふもと)の町に行っていたバッツが帰ってくる。

相変わらず行動が早くて頼りになるが、いつもの飄々(ひょうひょう)とした笑みが消えていた。どうやら、こちらもあまりいい情報ではないらしい。

「ルシア王国に喧嘩を売ってきたと言われていた他の四つの国。

蛮族地帯、北方ノースカントリー。

神倭ノ地(しんわのち)、東方イーストグラウンド。

魔法王国、西方ウェストランド。

機械都市、南方サウスシティ。

情報によると、仕掛けてきたのはルシア王国から、ということが判明した」

サシャとヌルハチはさほど驚きはしなかった。

「タクミを狙って他の国が侵攻してきたというのは、リックが流したデマだ。実際にはその逆で、強国であるルシア王国がすべての国に喧嘩を売っていたんだ」

「やはりな、騎士団を影で操っていたリックが誘導したのであろう。世界大戦でも始めるつもりか」

「それに近いことをしようとしているのかもな。東方と南方に繋がっていることも確認した。あと、これはまだ不確定な情報だが……」

バッツがそう言う時は、最終確認が取れてないだけの、ほぼ間違いない情報だ。

「リックは蛮族地帯、北方ノースカントリーの勇者の一族という噂がある」

「!?」

これには一同、言葉もなく驚く。

リックが勇者の一族？

そういえば、勇者エンドも大武会でリックと戦って以来、姿を見せていないが、それも関係しているのか。

「ヌルハチ、リックは一体、いつからルシア王国につかえていたの？」

「わからん。だが黒い鎧の騎士は、前ルシア王国を滅ぼした時も王に仕えていた。そうなると数千年前からいたことになる」

「その時点でなんで怪しいって、思わなかったのっ⁉」

確かに、そうだ。

ヌルハチほどの者が、なぜリックを疑わなかったのか。

「その時のリックと今のリックが同一人物とは思っていなかったのだ」

「？　どういうこと？」

「何世代も移り変わって、ルシア王国を支える騎士の総長(トップ)がリックという名と鎧を引き継ぐと思っておった。いや、今思えばヌルハチがそう思うように、リックに嵌(は)められておったのかもしれんな」

鎧だけで、その中を見た者は今まで誰もいなかった。

ヌルハチがそう勘違いするのも仕方がない。

「リックが本当に元勇者なら魔王と戦っていたはずだ。ヌルハチはそのことを魔王から聞いてないのか？」

「聞いていない。その当時のことを魔王はほとんど話さない。たぶん、記憶を無くしたか、封印している」

「ヌルハチと会う前の魔王か。そこまで古い情報はさすがにわからないな」

リックの正体に関する情報は、そこで途絶えたように見えた。

だが、意外なところから声がかかる。

「あの、魔王が最初に器にした人間なら、私、知っていますが……」

それは魔王とは、一番関係が薄いはずのレイアだった。

東方最強と噂される仙人。

それがかつて魔王が最初に器にした人間だとレイアは話し始めた。

「東方からこちらに来る前に戦いを挑みに行きました。あの頃の私は愚かにも目に映るもの全てが敵に見えたのです」

よかった。その頃に会ってたら俺、死んでたよ。

「戦いは叶いませんでしたが、その方に魔王の居場所を教えてもらいました。でも結局、魔王とは会えず、そこでアリス様と出会ったのです」

「その東方の仙人ならリックのことがわかるかもしれない、そういうことか」

「はい、タクミさん」

リックが黒幕という事実は受け入れがたいものだが、このまま何もしないわけにはいかない。

冒険者時代に話せなかった分も含めて、もう一度リックと話がしたい。

そのために、リックのことをもっと知らなければならなかった。

「レイア、その仙人の場所はわかるか？」

「はい、もう何千年も同じ場所から動いていないはずです」

「わかった。そこに連れて行ってくれ」

「大丈夫ですか？　ここからかなり離れていますが」

ああ、とレイアに頷いた。

俺の足だとどれだけの日数がかかるかわからないが、リックのことを少しでも理解したい。

「その必要はないぞ」

レイアが驚いて、後ろに飛び退いた。

どうしてこの老人はいつも気配を消して現れるのか。

声を聞くまで、ここにいる誰もが、その老人の存在に気がつかなかった。

「じじい」

ヌルハチが苦虫を噛み潰したような表情になる。

バルバロイ会長が再びこの洞窟にやって来た。

2　十豪会、再び

「その必要がないとはどういうことだ、バルバロイ」

バルバロイ会長に発するヌルハチの声には怒気が含まれている。

そういえば、この二人が相対するのを初めて見る。

よほど、相性が悪いのだろう。

ヌルハチは今にもバルバロイ会長に襲いかかりそうな勢いだ。

「ふぉっ、ふぉっ、相変わらず恐ろしいの、ヌルハチ。少しはもったいつけてもよいのではないか？」

「無駄口を叩いているヒマはないと思うぞ、バルバロイ。ただでさえ老い先が短いのだから、早く話した方が良い」

ヌルハチの右手に魔力が集まっている。

一瞬即発の空気に場の空気が凍りつく。

「ああ、もうわかったわい。せっかちじゃの。大武会でええとこ無しじゃったから、少しくらいカッコつけたかったんじゃ」

俺の方を恨みがましい目で見るバルバロイ会長。

うん、アレは俺のせいじゃない。そっちが勝手に自爆しただけだ。

「話はだいたい聞かせてもらった。リックの過去を東方の仙人が知っているかもしれんということじゃろ。だったら大丈夫じゃ。その話は一緒に住んでいた時に何度か聞いたことがあるわい」

「東方の仙人と一緒に住んでいたのかっ⁉」

俺の問いにバルバロイ会長はにっ、と笑う。

「ああ、数百年ほど世話になっておった。わしの師匠みたいなもんじゃ」

数百年っ⁉

かなりのジジイだと思っていたが、予想を遥かに上回るジジイっぷりに、驚きを隠せない。

「なら、リックのことを知っていたんじゃないのかっ」

「いや、リックの名前はでておらんかった。ただ魔王に挑んできた最初の勇者、その話を聞いていただけじゃ」

　どうやら、東方の仙人が魔王の最初の器だったことは間違いないようだ。

「わかった。バルバロイ会長。その話、聞かせてくれないか」

「うむ、いいじゃろう。だが、少し待ってくれんか。どうせなら関係者全員に聞かせたいんじゃ。何回も話すのは疲れるのでな」

「関係者全員？　他に誰かいるのか？」

「もちろんじゃ、ルシア王国はこの大陸の中心じゃぞ。そこを失えば、ギルド協会もタダではすまん。今回のリックの反乱は、ギルドも黙認できん問題じゃ」

　前回、全力で敵に回ったギルド協会は、今回は味方につくということだろうか。

「ひいては、再び十豪会を開くべく、すでにここに招集をかけておる。間も無く、皆がやってくるわ、円卓に案内せい」

　あまりの出来事にさすがのヌルハチまでもが、呆然としている。

　前回は手紙で知らせが来たが、今回は開催場所にいる俺達には、それすら省略されたらしい。

「ちょっ、ちょっとまて、前回のメンバーがまたここに来るのか？」

「残念じゃが前回とは大幅にメンバーは変わっておる。リックは勿論のこと、ヨルやエンドも抜けておるからの。まあ、誰が来るかは集まってからのお楽しみじゃな」

　そう言って、ふぉっ、ふぉっ、と笑うバルバロイ会長。

　あえて報告せずに、慌てる俺達を見て楽しんでいる。

かくして、洞窟前、円卓にて再び十豪会が始まろうとしていた。

午後になり、十豪会メンバーが続々と来訪し、１２の席はすべて埋まった。

前回にも増して、個性的な冒険者達が並ぶ。

以前と同じ様に、それぞれランキングの数字に合わせた席の前に座っている。

俺の席の前には１の番号、右隣の０の席にバルバロイ会長、そして左側２の席には、またもやゴブリン王ジャスラックが座っていた。

「エンシェ殿、主席者名簿を頼む」

「あいわかった」

今回の秘書はリンデンさんではなく、エンシェと呼ばれる老人だった。ゆったりとした濃紺色の着物に、白髪オールバックの髪型だ。

バルバロイ会長から右回りに名簿を配っていき、最後に俺に名簿を渡す。

「ふむ」

エンシェさんが、俺に名簿を渡す時に、何故かじっくりと俺の方を見つめてくる。

何故だろうか？

確か、初対面だよね？

「あの、どこかでお会いしましたか？」

「いえ、初めてですよ」

エンシェさんがニッコリと笑う。

「しかし、噂通り、底の見えないお方だ」

どこかで俺の噂を聞いたのだろうか？

まあ、どうせどこかで間違って、おかしな状態で伝わっているのだろう。

『タッくん』

「ん？　どうした、カルナ？」

『……いや、なんでもないわ。今のうちには関係ないからな』

カルナが勝手に納得して、それ以上話さなくなる。

俺は渡された出席者名簿を確認し、全員の顔と名前を見比べた。

【十豪会（じゅうごうかい）出席者名簿】

ランキング零位（ゼロ）　会長「バルバロイ・サウザ」

ランキング一位　宇宙最強「タクミ」

ランキング二位　人類最強「アリス」

（代理人）ゴブリン王「ジャスラック」

ランキング三位　大賢者「ヌルハチ」

ランキング四位　獣人王「ミアキス」

ランキング五位　神降ろし「レイア」

ランキング六位　黒龍「クロエ」
ランキング七位　半機械「マキナ」
ランキング八位　超狩人「ダガン」
ランキング九位　最高頭脳「デウス」
ランキング十位　断崖の王女「サシャ」
ランキング外　司会進行「エンシェ」

色々とツッコミ所満載のランキングに、どこからツッコミを入れたらいいのか迷ってしまう。

魔族のミアキスやドラゴンのクロエが入っているのはいいのだろうか。

こちらに来たばかりのはずのデウス博士までもがランキング入りしている。

そして、王女になって冒険者は引退しているはずのサシャが見事十位にランクインしていた。

明らかに様々な私情が入り込んだランキングに、バルバロイ会長のほうを見ると、右目をつぶってウインクしてきた。人類史上、最も汚いウインクに慌てて目を背ける。

「さて、そろそろじゃな」

太陽が真南に位置する時刻。正午ちょうどを迎える。

「では、これより十豪会(じゅうごうかい)を開会するっ！」

バルバロイ会長の聞きたくない大声が、再び草原に響き渡った。

3　脅威の殺戮兵器

バルバロイ会長の馬鹿でかい声に顔をしかめる。

どうやら大武会でのダメージは完全に回復したようだ。

「ではさっそく今回の議題じゃ。エンシェ殿」

「うむ、司会進行を務めさせて頂くエンシェと申す」

エンシェさんが立ち上がり、お辞儀をする。

「今回の十豪会の議題は、リック・カイによるルシア王国への謀反、及びその正体についてだ。皆、胸襟を開いて話しあおうではないか」

リンデンさんの時と同じように、もう一度お辞儀をしてエンシェさんが円卓の席に座る。

見た目は温厚そうなお爺さんなのに、なぜか妙な迫力があった。

「会議の前に一つ質問してもよいか？」

そう言ったのは、ランキング八位の超狩人ダガンだった。

「ランキングに黒龍や魔族がいるのはどういうことか。代理のゴブリン王は別として、そちらの二人はギルドに入れていい存在ではあるまい」

確かにダガンの言う通り、これまでギルドにドラゴンや魔族がいた例はない。

「ふむ、確かに以前まではそうであったな。だが、今回多くの者がギルドを抜けてリック陣営についてしまった。こちらの戦力ダウンは明らかじゃ。対抗手段は必要じゃろ？　特例として、大武会で活躍した二人をスカウトしたわけじゃ」

　バルバロイ会長がダガンに説明する。

　そういえば、大武会で活躍した者がギルドのランキングに入ることは今まで何度かあった。

　そもそも魔族やドラゴンが大武会に出場すること自体が今までになかったのだ。

「裏切られたら、さらに戦力ダウンだと思うがな」

　そう言ってダガンはミアキスの方を睨む。

　大武会終わりには、またいつか、相見えようぞとか言って、爽やかな感じだったが、やはり魔族であるミアキスを完全には信じていないのだろう。

　だが、ミアキスは特に気にした様子もなく、頭を円卓に置いて、ゴロゴロしている。

　ちょっと眠いのか、大きな欠伸をして、目をこすっていた。猫そのものでちょっと可愛い。

「まあ、そこは信用するしかあるまいて。まあ、もしもの時には、ちゃんと策を用意しておる」

　バルバロイ会長がニタリと、小気味悪い笑みを浮かべる。

　どうせまた、ロクでもない策なんだろう。やはり、味方でも、このじじいはかなり苦手だ。

「私からも質問してよろしいかしら？」

　次に質問してきたのはサシャだった。

　俺達といる時とは違い、王女の威厳と風格が表に出ている。

「冒険者を引退していた私や、冒険者ですらなかった南方のデウス博士達をランキングに入れたのも戦力強化かしら？　政治的な意味合いが強いように思えるのだけど」

「ふむ、まあその通りじゃ。リックの軍勢に対抗すべく、我らギルドが立ち上がるには都合がいいじゃろ。ルシア王国はすでに崩壊しておるからな」

「失敬な！　ルシア王国はまだ滅んではいません。必ず私が立て直してみせます」

え？　さっきヌルハチと二人で、ルシア王国ほっとこうかって言ってたよね？

「それはそれでありがたいことじゃ。まあ、ギルドはあくまでルシア王国が再建するまでの代役だと思ってくれれば、それでよい」

そう言って、ふぉっ、ふぉっ、と笑うバルバロイ会長も怪しいものだ。

陰で、王国を乗っ取ろう、とか考えているんじゃないかと疑ってしまう。

「他に質問はござらんか？　なければこれより、反旗を翻したリック陣営の戦力を説明させてもらう」

エンシェさんが場をまとめてから説明に入る。

「まずリック陣営で明らかになっている戦力は、東方の隠密部隊だ。元ギルドランカーのヨルが頭領となって率いており、その数は未明だが、一人一人がかなりの戦力を有しておるものと見受けられる」

ヨル、ヒル、アサの三姉妹は確認済みだが、やはりまだまだ精鋭はいるのか。恐ろしいな。

「48人」

そこで口を挟んだのは、ヨルと同じ里出身のレイアだった。

「私がいた時と変わっていなければ、隠密の数は48人のはずです」

そう言ったレイアの表情は、硬く真剣なものだった。

ヨルとの対戦もだが、昔の仲間と戦うのはどんな気持ちなんだろうか。

自分とリックのことも重ね合わせてしまい、嫌な闇に飲まれそうな、そんな気分になってくる。

「情報感謝する。続けて、南方勢力について、説明しよう」

「……ほう」

その言葉にデウス博士が反応する。

「ギルドの諜報員によると、リックは現在、この中央センターワールドから南方サウスシティに移動したとの情報が入っておる」

「ルシア王国の騎士団と南方の王は懇意な間柄だったからね。うまく王を言いくるめたのだろう。まあ、目的は国ではなく別にあると思うがね」

デウス博士はこの状況を楽しんでいるように、にこやかに話している。

「ほう、それはズバリなんじゃ？　デウス博士」

バルバロイ会長も笑みを含みながら質問する。

タイプは違うのだが、この二人はどこか似たような雰囲気があった。

「科学兵器、と言えば聞こえはいいが、南方には尋常ならざる殺戮兵器が多く保管されている。まあ、ぼくもいくつか開発に携わっているが、生身の人間ではとても敵わないものばかりだ」

デウス博士の言葉に円卓の全員が静まり返る。

「なかなかに脅威じゃな。しかし、こちらにも宇宙最強が控えておる。そいつはタクミ殿に任せるとしよう」

「確かにそうだな。たとえどんな殺戮兵器といえどタクミ君ならなんとかしてくれそうだ」

バルバロイ会長とデウス博士がうんうんと頷き合っている。

え？　いやいやいや、殺戮兵器、俺に任せちゃうの？

「それでは次は……」

何事もなかったようにエンシェさんが会議を進行していく。

本当に殺戮兵器を俺に任せることにあっさり決定している。

「全然楽しみじゃないよっ！」

『殺戮兵器、楽しみやな、タッくん』

カルナの声に心の中で叫んだ拍子に、おもいっきり円卓を叩いて立ち上がってしまう。

皆の注目が集まる中、レイアがいつものキラキラとした羨望の眼差しを向けてくる。

「そんな殺戮兵器など、簡単にぶっ壊してきてやる！　そういうことですね、タクミさんっ」

うん、全然まったくそういうことではない。

しかし、もうみんながあの言葉を待っているとしか思えない。

「よ、よくわかったな、その通りだ」

リックとの避けられない大決戦が始まろうとしていた。

4　リックの計画

「それでは進行を再開する。次は魔法王国、西方ウェストランドだが、現在は静観を決め込んでいるようだ。領土に進行せぬ限り、あちらから攻めてくることはないという報告があった」

「慎重なジジババ、六老導（りくろうどう）がトップにいるからの。ひとまずは気にせずに済んで安心じゃな」

エンシェさんが淡々と司会進行をしていき、バルバロイ会長がうなづいている。

「ふむ、大方予想通りといったところか。後はどこが残っとるんじゃ、エンシェ殿」

「最後は蛮族地帯、北方ノースカントリーについての説明だ。リック・カイの出身地であり、勇者の一族の本拠地ということで、ギルドはその繋がりを調査した」

リックが本当に勇者であるならば、確かに最も深く関わっているのが北方かもしれない。

「しかし、ギルドの調査隊は僅（わず）かな証拠もつかめずに撤退。大武会以降、行方不明となった勇者エンドも同時に調べたが、こちらも同様に足取りを掴（つか）めなかった」

魔王の大迷宮（ラビリンス）で、偶然出会ってから洞窟まで付いてきた勇者エンド。

「お前のせいだからなっ。許さないっ。いずれ責任は取ってもらうっ！　あっちの責任もだっ！」

大武会で、俺にそう叫んで去った後、エンドは一度も姿を見せていない。

「北方はこれまで魔王を倒すという目的のもとに、勇者の一族を何度か中央に送り込んできたが、大きな戦争を仕掛けてきたことはなかった。故に勇者以外の力も未知数でどれだけの力を有しているのか、まったくわからない」

確かに北方出身者をこちらで見ることはほとんどない。噂だが、素手で魔物を倒すような蛮族共が溢れている無法地帯と聞いている。それが本当で、さらに北方がリック陣営についているならば、かなりの脅威となるだろう。

これで敵対する四つの大陸とリックの相関図が見えてきた。

リック陣営は南方を本拠地とし、北方と東方から、蛮族や隠密を集めているだろう。

もちろん、ルシア王国の騎士団もそっくりリック陣営に与（くみ）している。

こちらとは、比べ物にならない戦力差だ。

「北方は昔、ドラゴン一族が住んでいたと聞くが、クロエ殿は何か知っておらぬか？」

バルバロイ会長の問いにクロエは首を振る。

「我（われ）が生まれるずっと前の話だ。古代龍（エンシェントドラゴン）のじいちゃんなら、詳しく知ってると思うが」

「古代龍（エンシェントドラゴン）か」

大武会でアリスが古代龍（エンシェントドラゴン）に乗って来たのは衝撃的だった。

「確かに、何か知っておるかもしれんの」

そう言って、バルバロイ会長はエンシェさんの方をじっ、と見る。

「ん？　どうした？　わしは古代龍（エンシェントドラゴン）のことなど何も知らんぞ」

「そうか、まあいいじゃろう。また後でゆっくり聞こうかの」

意地の悪そうな笑みを浮かべるバルバロイ会長。

「そうじゃ、ゴブリン王。お主はアリスの元で、古代龍（エンシェントドラゴン）と共に行動しておったじゃろう。今、どこにおるかわかるかの？」

今度はゴブリン王ジャスラックに話しかけるバルバロイ会長。

「いえ、古代龍（エンシェントドラゴン）殿は、少し前にアリス様の元から逃げ出しました。あの目立つ巨体のままだとは考えにくいので、恐らく人間形態になり、逃亡したと思われます」

「ほう」

「案外近くに隠れているかもしれませんね」

「うむ、確かにそんな気がするのう」

ゴブリン王とバルバロイの会話を聞きながら、エンシェさんはそっぽを向いて口笛を吹いている。

古代龍（エンシェントドラゴン）について、何か知っているのだろうか。

「ところでアリスは今回も不参加だが、なにか、伝言は受けてないのか？」

「はい、実はアリス様から書状を預かっております」

出た。ゴブリン王が書くアリスからの手紙第三弾だ。

ゴブリン王が立ち上がり、すっ、と懐から手紙を取り出す。

再び混沌（カオス）な手紙になっているのか？

皆が固唾（かたず）を飲んで、注目する中、ゴブリン王はゆっくりとそれを開封し、朗読を始める。

「探さないで下さい」

ゴブリン王がそう言った後、沈黙した。

「えっ？　それだけなのか？」

「はい。今回は正真正銘のアリス様自身が書いた手紙です」

思わず声に出してしまい、ゴブリン王が手紙を見せてくれる。そこには、ミミズが這うような文字が書かれていた。

「魔族文字か。間違いなくアリスの字だな」

隣に座るヌルハチがじっくりと手紙を観察する。

「途中で破られた後があるな。この続きは知らぬのか？」

「はい。残っていたのはこれだけでした。恐らくアリス様自身が破り捨てたと思います」

「ふむ、少し貸してもらえんか」

ゴブリン王から手紙を受け取ったヌルハチが立ち上がり、それをサシャのほうに持っていく。

「サシャ、修復できるか？」

「やってみる」

サシャがヌルハチから手紙を受け取って、そこに手をかざす。

「再生(リバース)」

そう呟いたサシャの手から白い光が降り注ぐ。破れていた手紙の先が少しずつ戻っていく。冒険者時代には生命しか回復できなかったサシャだったが、どうやら格段に成長しているようだ。数分後、破られていた手紙の部分は完全に修復される。

それにはもう一言、同じような文字が書かれていた。

ヌルハチがその一言を読み上げる。

「でも離婚したら探して下さい」

そういえば、アリスはタクミポイントで俺とサシャが結婚したと思っているんだった。

「まずいな、コレは。アリスの奴、どういう行動に出るかまったく予想がつかん」

ヌルハチが頭を抱えている。

「下手をすれば、リック以上に脅威かもしれんな」

バルバロイ会長も頭を抱えている。

みんなが黙ってしまったので、俺がゴブリン王に話しかけた。

「なあ、タクミポイントはアリスが考えたんじゃないんだろ？　あれはリックが考えて、アリスに提案したのか？」

「そうですね。すべて彼が考え、自らの盾術、そして魔法と機械と神秘の技術を融合させて創り出しました」

タクミポイントのシステムには、やはりリックが関わっていた。

そう、タクミポイントに守られていた時、どこか懐かしいように感じていたのは、冒険者時代にリックが俺を守っていてくれたものと同じものだったからだ。

「でも、アリス様に提案したのは、このジャスラックです」

円卓に戦慄が走る。

ゴブリン王ジャスラックの宣言は、自分がリック陣営だと言っているようなものだった。

リックと仲良く将棋をしていたゴブリン王の姿を思い出す。あの頃からすでに二人は繋がっていたのか？

「……お主はリック側、そう受け取ってよいのじゃな？」

俺が躊躇（とまど）っている間に、バルバロイ会長がゴブリン王に問い詰めた。

ゴブリン王が立ち上がり、胸に手を当てて一礼する。

「そうです。僕は彼の計画に賛同しました」

俺を除いた円卓の全員が立ち上る。

しかし、俺は席を立たず、ゴブリン王に質問した。

「俺を狙った争い、世界戦争を起こさせるために、リックはタクミポイントを作ったのか？」

「いえ、違いますよ。それはただのオマケに過ぎません。彼はすべてを計算していました。ルシア王国の王女がタクミ君をポイントで獲得することも、そのショックでアリス様がいなくなることも」

そうか、そういうことだったのか。

「タクミポイントは、俺とアリスを引き離すために作られたんだな」

「ええ、その通りでございます」

バラバラだったパズルに最後のピースがはまる。

ついにリックの計画、その全貌が明らかになった。

5　始まりの勇者

ゴブリン王ジャスラックが、リック陣営ということを自ら告白し、十豪会は重い空気に包まれていた。

「お主がリック側だというなら、ここから帰すわけにはいかなくなるぞ、覚悟の上か？　ゴブリン王」

バルバロイ会長が脅しをかけるが、ゴブリン王から動揺は見られない。

「残念ですが、いつでも逃げられます。これを借りてきましたから」

そう言ってゴブリン王が取り出したのは、リックがずっと被っていた兜、存在すら消せる魔装備、ハデスの兜だった。

「逃げるのが得意な僕がこれを使えばどうなるか、おわかり頂けると思いますが」

「ふむ、たしかに厄介じゃな」

異常なまでの逃走能力を持つゴブリン王が、ハデスの兜まで使えば、捕らえることなど不可能に近い。

ゴブリン王の堂々とした態度に、強者ぞろいのギルドランカー達が押し黙る。

「……このまま、十豪会を続ける。全員、着席せよ」

バルバロイ会長の声に、皆が納得のいかない顔でしぶしぶ座っていく。

まるで、ゴブリン王により十豪会（じゅうごうかい）そのものが支配されたようだった。

「さすがタクミ様ですね。一人だけ微塵（みじん）も動揺していない」

ゴブリン王がそう言って俺に笑いかける。

うん、俺なんかが焦っても、どうしようもないからね。

「なあ、ゴブリン王、どうしてリックに協力したんだ？　お前も完全なる世界（パーフェクトワールド）を創りたいのか？」

「違いますよ。すべての種族の共存など興味ありません。とうの昔にゴブリンの一族は絶滅しているのですから」

「とうの昔に？　ここを襲撃したゴブリン達は？」

笑っていたゴブリン王の表情が、一瞬だけ歪み、またすぐに戻る。

「あれは僕が作ったまがい物。ただのコピーですよ。人間に忌み嫌われたゴブリンは、一匹残らず淘汰（とうた）されました」

衝撃の事実に、声も出ない。

あれだけのゴブリンをコイツ一人で生み出していたのか⁉

「僕がリッくんに協力するのは、ただの気まぐれですよ」

本当にそうなのか？

俺にはゴブリン王の真意は掴めない。

その答えに辿り着いたのは、俺ではなくバルバロイ会長だった。

「……リックの過去と自分を重ねたか」

「さあ、どうでしょうね。それほど似てるとは思えませんが」

「同じじゃよ。どちらも絶望の果てに、この世界を拒絶しておる」

ゴブリン王の顔から、初めて笑みが消えた。

「お主も聞いていくがいい。魔王の器だった仙人の話を」

ゴブリン王が静かにうなづき、バルバロイ会長は語り出す。

始まりの勇者の物語を。

「わしが東方最強と噂される仙人の元を訪れたのは、何も知らぬ未熟な若造の時じゃった」

魔王が最初にその器に選んだ仙人。

レイアは、その老人から聖剣マサムネを貰い受けたらしい。

「あの頃のわしは、力こそすべてと盲信する筋肉隆々の武闘家じゃった。対して仙人は枯れ木のように痩せ細り、いまにも死にそうな老人。わしは、力を表層でしか見ることができず、仙人を軽んじ、愚かにも戦いを挑んだのじゃ」

どれほど昔の話だろうか。

バルバロイ会長の若い時など想像もつかない。

「遥かな実力差で倒されたわしは、仙人に弟子入りを懇願し、修行することになったんじゃ。仙人はめったに自分の過去を話さんかった。勇者のことを話したのは、たった一度だけ。数百年における修行が終わった最後の夜に、仙人は昔話のように語り出したんじゃ。始祖の魔王と始まりの勇者の話をな」

人類の敵となる魔王と戦い、魔王の大迷宮（ラビリンス）で命を落とした始まりの勇者は、今もなお、英雄として語り継がれている。

だが、バルバロイ会長が話す真実は、それとはまったく違うものだった。


勇者と魔王は、幾度となく戦ううちに、お互いの力を認め合い、ほのかな友情が芽生えていた。

『いつか、人間も魔族も笑って暮らせるような、そんな世界にしてみせるよ』

勇者は魔王と戦った後、いつもそう言っていたという。

やがて、魔王は勇者に自分の本体が別の所にあるという秘密を明かしてしまう。

悲劇はそこから始まった。

魔王を暗殺しようとしていた男が、その話を盗み聞き、ある計画を練る。

それは、いつものように勇者と魔王が戦っている隙に、魔王の本体を消滅させようというものだった。

魔王の大迷宮（ラビリンス）の扉にかけられた封印は、その力を上回る者でしか解除できない。

普通なら、魔王の本体に到達することはできないはずだった。

だが、その計画は普通でない作戦が取られていたのだ。

数珠繋（じゅずつな）ぎ作戦。

迷宮の外にまで溢（あふ）れ出た数万人の兵士、そのすべてが手を繋ぎ、先頭の者が魔王の扉に手を掛ける。

力は一人分ではなく、合計で集計され、魔王の扉は開かれた。

異変は勇者と戦闘中の魔王に起こった。

本体が傷つけられたことにより、魔王はもがき苦しみ、その活動を停止する。

魔王の憑代(よりしろ)だった東方の仙人は、その時の勇者の顔を何千年もたった今も忘れられないという。

「この世のものとは思えんほど、怒りに満ちた顔をしていたそうじゃ」

勇者はそのまま一人で魔王の大迷宮(ラビリンス)に向かい、二度と帰ることはなかった。

魔王が再び動けるようになり、魔王の大迷宮(ラビリンス)に戻ったのは、それから数日後のことだった。

そこには、地獄のような光景が広がっていた。

入口から兵士達の死体で溢れ、地下に続く階段にも、足の踏み場がないくらいに、ビッシリと兵士の死骸が敷き詰められいる。

魔王は嫌な予感が止まらなかった。

生きている者の鼓動を感じない。

「その時の魔王は、様々な感情がぐちゃぐちゃに混ざり合い、共存していた仙人は、頭がおかしくなったそうじゃ」

扉を開けて中に入った時、氷漬けにされた魔王の前で、ボロボロの鎧を着た騎士が祈りを捧げていた。

そのままの姿で動かない。

近づこうとした振動で騎士の兜が外れ、ガランという音をたてて地面に落ちた。

変わり果てたその顔を見て、魔王は声にならない声をあげる。

「そして、魔王は勇者の記憶をすべて消し去ったそうじゃ」

真実を語る者はなく、魔王討伐に向かった兵士達は、勇者に倒されたのではなく、魔王に返り討ちにあったとされた。

始まりの勇者は、最後まで果敢に魔王に挑んだとされ、魔王と戦えるのは、勇者の一族のみと伝えられる。

しかし、実際、勇者の一族は、他の人間達が魔王に手を出さないようにするために、存在していた。

それは凄惨な戦いの末、人類を裏切り、すべてを失った始まりの勇者が、始祖の魔王に誓った、唯一絶対の約束だった。

あの時、リックが見せた映像が再び頭に蘇る。

氷漬けの魔王の前で、ボロボロの鎧を着た騎士が祈りを捧げている。

「終わらないよ、マリア」

騎士がその兜を脱いで、顔を見せた。

赤毛のショートヘアに栗色の瞳。どこかエンドに似たようなその顔は目が窪み、痩せこけて、憔悴しきっている。

「これから始まるんだ」

バルバロイ会長が話を終える。

いつのまにか、俺は大粒の涙を流していた。

閑話　大武会・アリス大戦　6【エンド】

「もうすぐ決着がつきますね」

ゴブリン王がそう呟きながら、机に置かれた大きな紫の水晶玉に注目する。

そこには、本体を取り戻した魔王とアリスが対峙する様子が映されていた。

大武会から千里離れた隠れ里でも、その水晶玉には映像や音声がハッキリとわかる。

「この水晶玉も魔装備なのか？」

「ええ、そうです。魔装備、千里眼。どれだけ離れた距離にあるものでも、映し出せます。ただし、もう一つの眼があるところに限りますが」

それはリックが装備しているのだろう。

今も姿を消して、大武会の舞台にいるはずだ。


始まりの勇者リック。

勇者の一族の中では、その名前はもはや伝説として語り継がれている。

まさか、その伝説と大武会で戦うことになるとは思いもよらなかった。リックがエクスカリバーの攻撃を受け止めるまでは、勇者と同じ名前を持ったただの冒険者だと思っていたからだ。

だが、エクスカリバーは明らかに自分の意思でリックへ攻撃することを躊躇(ためら)っていた。

エクスカリバーは、リックが元の持ち主であることを認識していたのだ。

沈黙の盾リックは、間違いなく始まりの勇者リックだった。

「動揺するな。そのまま普通に戦っているフリをしろ」

もはやボクに戦う意欲がないことを見抜いたリックが小さな声で呟く。

伝説の勇者に逆らえるはずもなく、ボクはしたこともないような無様（ぶざま）な演技をしてみせる。

「ボクのエクスカリバーをそのような手段で防ぐとはっ。さすが、沈黙の盾リックというところかっ」

「……無限盾方陣」

もうどうとでもなるがいい、そんな気持ちでいた時だった。

「キスっっっっっ!!!!!!???」

天まで届くような凄まじい大音響に、盛り上がっていた会場が静まり返る。

戦いが中断される中、リックがさらに耳打ちしてくる。

「引き分けで終わらせる。タクミに注目しているフリをして、二人で場外に出るぞ」

「い、いいのかっ!?」

「ああ、それでいい。大会の優勝などに意味はない。お前はこの後、ここにいけ」

リックの手からカードを受け取り、二人で場外へと進む。

「最後にタクミと話してもいいか？」

「ああ、俺も一言話していく」

場外負けのアナウンスを受けながら、わざと動揺する演技をする。

「ダメだ。ボクは魔王を倒さなくてはならないんだ。勇者の一族はそのために生まれてきたんだ。やり直しっ！　やり直しを要求するっ！」

「無理です。早く退場しないと四神柱（ししんちゅう）による制裁が発動しますよ。早く降りて下さい」

魔王を倒す一族として代々受け継がれてきた勇者の血筋。

だが、その本質はまるで逆の意味を持つ。

そうだ。勇者の一族は、他の人間が魔王に手を出さないようにするために存在している。

「お前のせいだからなっ。許さないっ。いずれ責任は取ってもらうっ！　あっちの責任もだっ！」

タクミに向かって捨て台詞を残し、駆け足で去って行く。

彼が魔王でないことなど最初からわかっていた。

ボク達は本当の魔王を失うわけにはいかない。

人間が魔王を倒すのを諦めるまで、勇者は魔王を守るために戦い続ける。

それが始まりの勇者が始祖の魔王に誓った、唯一絶対の約束だからだ。


全力全開の魔王とアリスがぶつかっている。

姿の見えないリックが魔王に加勢しているのだろう。

アリスの攻撃が見えない壁のようなもので弾かれている。

「これまで数千年、勇者の一族には男児しか生まれてこなかった」

前勇者である父は、ボクが五歳になった時にそう言った。

「お前が女として生まれてきたのは、きっと意味がある。長かった勇者と魔王の戦いを終わらせる者として、一族はお前にその名を授けたのだ」

勇者が魔王と戦わない世界。

それは人間と魔王が争わなくて済む世界だ。

「終わり(エンド)。お前が最後の勇者となるがいい」

何千年かぶりに魔王が本体を取り戻し、始まりの勇者と再会する。

さらには、魔王を上回るような規格外の人間までもが現れた。

確かにこれは偶然とは考えられない。

大きな時代の波が、終息に向かって渦巻いている。

この大武会の後、新たな世界の流れがやってくるだろう。

そう、リックが、いや勇者の一族がずっと望んでいた世界。

完全なる世界(パーフェクトワールド)が始まるのだ。

大武会の戦いは、終わりに向かって加速していた。

アリス、魔王、リック、リンデン、ヌルハチ。

ぱんぱんに膨れ上がった風船のように、五人が限界まで力を溜めているのが、水晶ごしでも伝わってきた。

誰もが最後の一撃を放つタイミングをうかがっている。

戦いは、もうすぐ終わる。

圧倒的な緊張感の中、舞台は、いや観客席ですら時が止まったように、誰も動かない。水晶玉を見ているボクやゴブリン王ですら動けない中、唯一人だけが、まるで空気を読まずに動き出す。

「なあ、ゴブリン王、一つ聞いてもいいか？」

聞いても無駄なことはわかっていた。

だけども聞かずにはいられなかった。

「ええ、どうぞ」

恐らく、ゴブリン王も同じ疑問を感じているだろう。

「あの男は、一体なんなのだ？」

「はい、まったくわかりません」

ゴブリン王が即答したと同時に水晶玉の向こうで、あの男がゆっくりと戦いの中心に向かっていく。

まさか、サンドイッチの次はデザートなどと言うのではないだろうな？

ここまで行動が読めない人間など、あの男以外に存在しない。

そして、そんな彼を見ると、ボクの心臓は激しく揺れ動く。

その鼓動はあまりに大きく、ゴブリン王まで聞こえるのではないか、と心配になる。

サラシに巻かれた自分の胸を押さえつけ、鼓動を抑える。

なぜ、こんなことになったのか？

胸に触れられた時に、呪いのような攻撃を受けたのか。

それとも、これがもしかして……

誰もが動けない中、あの男は、まるで庭を散歩しているような歩調で、五人に近づいていく。

そう、あの男、宇宙最強の男タクミには、この頂上決戦ですら子供達が遊んでいるようにしか、見えないのかもしれない。

「……」

五人に向かって、タクミがなにか呟いた瞬間だった。

膨らんだ風船が破裂するかのごとく、全ての力が爆発する。

そして、すべての戦いは決着した。

転章
リックとタクミ

うちの弟子がいつのまにか人類最強になっていて、
なんの才能もない師匠の俺が、それを超える
宇宙最強に誤認定されている件について

1　集結の大草原

ガベル大草原。

そこは見渡す限り、すべてが緑に包まれている草原だった。

総合国家、中央センターワールドの南の端。

機械都市、南方サウスシティとの国境沿いに、その草原は広がっていた。


「こちらは、最初からすべての戦力を集結させて参ります。よろしければ、お互いの総戦力を持って、一度きりの戦いで決着をつけませんか？」

十豪会の終わりに、ゴブリン王は一週間後、この草原にリック側の総陣営が現れることを宣言する。

バルバロイ会長は、何も言わなかった。

拒絶も、承諾もない。向こうが宣言して攻めてくるなら、こちらが迎え撃つしかないのだ。

宣言を終えたゴブリン王が去った後、バルバロイ会長は呟いた。

「……この戦い、勝ち目があると思うか？」

その問いに答えるものはいなかった。

圧倒的な戦力差は、誰が見ても明らかだ。

「作戦があるんだけど、聞いてくれないか？」

それは勝つための作戦ではない。

ただ、それはこの戦いに絶対必要なものだった。

「……それを実行すれば、お主は全力で戦ってくれるか？　大武会の時ですら、力の片鱗（へんりん）すら見せなかったお主が、全力で戦うというのなら協力しよう」

いつでも全力全開フルパワーなのだが、今はそんなことは言わない。騙すようで気が引けたが、俺は力強く頷いた。


「見事なものじゃな。よく一週間で練り上げたもんじゃ」

ヌルハチが感心しながら、草原を見渡している。

「バルバロイ会長は？」

「大武会の時より干からびておる。カラッカラッじゃ」

実に嬉しそうにヌルハチが笑う。

しかし、今度ばかりはバルバロイ会長に感謝しなければならない。

「範囲はどれくらいまでいけそうかな？」

「草原全体まで行き届いておる。ヌルハチもかなり手伝ったからの」

「そうだったのか、いつもありがとう、ヌルハチ」

「な、なんじゃ、急に。べ、別に大したことはしておらん」

これで、この戦いがどんな結末を迎えようと、最悪の事態だけは避けられる。

大草原を覆う空気が、大武会のような神聖な空気に包まれていた。

そう、ここには至るところに四神柱が埋め込まれている。

俺がバルバロイ会長に頼んだのは、大武会で怪我や死から守ってくれた四神柱の設置だった。

バルバロイ会長は、魔力を使い果たした後も、ヌルハチと他の誰かに依頼して、大草原のすべてを覆ってくれたようだ。


「リックは多分、多くの犠牲の上に新しい世界を作ろうとしている。だけど、それは間違っている。それをリックにわからせて……アレ？」

いつのまにか隣にいたはずのヌルハチが消えていた。

あたりを見渡してもどこにもいない。

「タクミっ」

だが、かわりに懐かしい可愛い声が聞こえてきた。

「チ、チハルっ！」

大武会の後、突然いなくなっていたチハルが足元で笑っている。

「ど、どうしてここにっ⁉」

「わかんない。でも、チハルはいつもそばにいたような気がする！」

「そうか、元気そうでよかったよ」

チハルの頭を撫でながら、遠くを眺める。

草原の向こうから、砂煙と共に、リックの軍勢が近づいてきていた。

予想を遥かに超える数に、ごくりと生唾を飲み込む。

「だいじょぶ、タクミはだいじょぶだよっ」

チハルの励ましに俺は笑顔で頷いた。


「ギルド陣営、準備完了した」

バルバロイ会長がダウンしたため、ギルド陣営はエンシェさんが指揮を取っていた。リンデンさんとは違うタイプだが、滲み出る迫力に逆らう者はおらず、いい指揮官ぶりを発揮している。

「いよいよですね。タクミさん」

レイアが俺の横に並び立つ。

二人、田圃で意味もなくはしゃいでいた日がついこの間のように思えてくる。

まだレイアには芋を剥くのを教えただけで、師匠らしいことを何一つしてやれていない。

「これが終わったら、新しい修行をしよう。俺の全てを教えてやる」

「は、はい！　ありがとうございます！　タクミさん！」

まあ俺が教えることができるのは、料理ぐらいなんだが、それもいつか役に立つ日がくるだろう。

後ろを見るとギルド陣営とルシア王国に残った僅かな兵士の混合軍が整列していた。

「久しぶりの戦いだな、ワクワクするぜ」

その中に十豪会に出られなくなった、あの男が混ざっていた。

「おまえなんかすぐやられてしまうにゃ。後ろのほうにいたほうがいいにゃ」

「はんっ、俺様はここで活躍してランキングに舞い戻るんだよっ、見てやがれよ、この野郎」

狂戦士ザッハと獣人王ミアキスが相変わらず仲良く話している。

ミアキス以外の四天王（ドグマを除く）と魔王は、リック陣営に行ってしまった。

ミアキスだけがこちらに残ったことが疑問だったが、二人のやりとりを見ていて、なんだか納得してしまう。

「タクミ殿、ドラゴン一族、準備できました」

クロエの後ろに褐色の肌をした大勢の若い男女が並んでいた。

そういえば、ドラゴン一族のみなさんと直接会うのはこれが初めてだ。

『うわあ、ちょっと気まずいわ。うち、里で大暴れしてたから、みんな一回はどついてるわ。ちょっとタッくん、隠しといて』

ぜ、全員一回どついてたんだ。

とりあえず、皆さんに見えないようにカルナを腰の後ろに隠しておく。

「あれがドラゴン一族の未来の王、タクミ様だ」

「なんと凛々（りり）し……いや凛々しくはないが、こう威厳のようなものが、あったり無かったりして……」

いや、ど、どっちだよっ！

着々と戦闘準備が進む中、俺はみんなから離れてキャンプに戻る。

作戦は順調にいっているが、一つだけ足りないピースがあった。それを埋めるために、俺はある準備に取り掛かる。

「なにしてるの？　タクミ」

一人、陣営から離れた俺に最初に気がついたのはサシャだった。

「……アリスを呼ぼうと思ってるんだ」

「え？　これで？」

「うん、これで」

サシャがぽかん、と口を開ける。

無理もない。

こんなもので、アリスがやってくるとは思えないだろう。

だけど、俺にはこれぐらいしかできることがない。

そう、最後のピースは、アリスだ。

リックは、タクミポイントにより、アリスを引き離した。

圧倒的な戦力差も、アリス一人でひっくり返る、とリックは思っている。

「面白えなぁ。その作戦」

いつの間にか、バッツが背後に立っていた。

「手伝うぜ。オイラは何をすればいい？」

「じゃあ、完成したらうちわで扇（あお）いで匂いを飛ばしてくれ」

荷物の中から、瓶をいくつか取り出して鍋の前に並べていく。フタを開けるとスパイスの香りが鼻をくすぐった。

「あぁっ、カレーだぁ！」

匂いにつられて最初にやって来たのは、アリスではなく、チハルだった。

「ああ、とびっきり美味いカレーを作ってやる」

洞窟に引きこもってから、カレーを作ったことは一度もなかった。

冒険者時代、カレーを作っていたら、いつもアリスが一番に飛んできたからだ。

その思い出を封じるように、俺はずっとカレーを作ってこなかった。

その封印を解き、あの頃より格段に成長した腕で、カレーを作る。

カレーの匂いが草原中に充満していく。

リックの軍勢はすぐそこまで迫ってきていた。

アリスが現れる気配はなく、半分諦めていた時、整列していたギルド陣営から大きな怒声が響き渡る。

「襲撃っ！　巨大な魔物が、背後からこちらに全速力で向かってきています！」

一瞬、リック陣営が仕掛けた挟み撃ちの罠だと思った。

しかし、その巨大な魔物は……

「ベビモっ!!」

「むきゅん!!」

大声でその名を呼ぶと巨大な身体に似合わない可愛い声で、応えてくれる。

そういえば、アリスだけじゃなく、ベビモも俺の未熟カレーが大好物だった。

綿あめのような身体がそのまま大きくなっただけのベビモは、元の皇帝ベヒーモスの面影すらない。

「むきゅーーんっ！」

そして、そのベビモの上には……

アリスがちょこんと乗っかっていた。

2　開戦

「むきゅ、むきゅーーん」

久しぶりに再会したベビモは、想像以上に大きくなっていた。

ドラゴン一族最大と言われる古代龍（エンシェントドラゴン）と匹敵するようなその巨体で俺に甘えてくる。四神柱（ししんちゅう）がなければ、致命傷になっているようなダメージを受けながら、なんとかベビモをなでなでする。

「むきゅーーーっ」

喜んだベビモが俺を持ち上げ頭の上に乗せる。

そこには、先着でアリスが気まずそうに座っていた。

「……アリス」

アリスは俺と視線を合わせなかった。

俯(うつむ)いたまま、小さな声で話し出す。

「……ごめんなさい」

タクミポイントのことを言っているのだろうか？

それとも、また別のことをやらかしたのか。

どちらにせよ、アリスのやったことは、どんなことでも受け入れると、魔王の大迷宮(ラビリンス)で拾った時から決めていた。

「大丈夫、全部、大丈夫だ」

そう言ってアリスの頭を撫でると、ようやくアリスは俺と目を合わせてくれる。

大きくなり美しくなったが、俺の中では、アリスは何も変わってはいなかった。

「すぐに全部元通りになる。みんなでリックを迎えに行こう。あの時のパーティーで、一緒にご飯を食べるんだ」

そう言って笑うと、泣きそうだったアリスの顔がつられて笑みに変わる。その後また真剣な顔にもどった。

「ワタシは何をすればいい？」

アリスが本気を出せばリックを倒すことすら、簡単なことだろう。

しかし、それでは意味がない。

これはもう、俺とリックの、二人の問題だからだ。

味方にも聞こえないように、そっ、とアリスに耳打ちする。

「ひゃうんっ」

何故かアリスは真っ赤になって、可愛い声をあげたが、すぐに再び真剣な顔に戻る。

「本当に？　いいの？　そんなことして？」

「ああ、かまわない。それできっと何かが変わる」

そう、壊すんじゃない。

変えるんだ。

それをリックにわからせてやる。

「いくぞ、アリス。最終決戦だ」

「うんっ」

ベビモの上で、二人手を繋いで立ち上がる。


リック陣営は、もうハッキリと見える距離まで近づいていた。

銀色の鎧を纏い、白い馬に乗ったルシア王国騎士団。

斧を振り回しながら、迫り来る北方の蛮族らしき兵団。

黒装束に身を包んだ東方の隠密たち。

多種多様な軍勢が混ざり合う中、一際目立っていたのは、その後方に控えている鉄の機械でできた乗り物だった。

「気をつけた方がいい。あれが南方の殺戮兵器だ、タクミ君」

デウス博士が、後方からやって来て、ベビモの足元で話す。

「ぼくが開発した戦闘車両、装甲戦車（アーマーパンツァー）というものだ。一撃で数百人を殲滅できる強力な遠距離旋回砲塔を搭載し、副武装に機関銃（マシンガン）を装備、さらに強力な魔法をもってしても容易に破壊されない強化装甲を備え、履帯（キャタピラ）による高い不整地走破能力を持っている」

数百台の装甲戦車（アーマーパンツァー）が、騒音と共に草原に雪崩れ込んでくる。

あんなとんでもない殺戮兵器を俺一人に任せようというのか!?

そして、さらに殺戮兵器すら霞（かす）んでしまう、恐ろしいものがやってくる。

「なんだ、あれは？　あれも兵器なのか？」

「いや、あれは違う。ぼくも知らない」

それは、巨大な人影だった。

装甲戦車（アーマーパンツァー）を踏み潰せるほどの大きな足が、どしん、どしん、と大地を揺らしている。

それは、リックが装備していた鎧だった。

「……まさか、リックなのか」

全身が黒く、兜の隙間から紅い何かが眼のように光っている。

手には巨大な剣を握っていた。

その剣には見覚えがある。

勇者エンドが装備していた聖剣エクスカリバーだ。

それがそのまま大きくなり、巨人の手に握られている。

「これは……」

ベビモに登ってきたバッツが、巨人を見て驚きの声を上げる。

「とんでもねえな。魔装備を全部繋げて覚醒させてやがる。まさか全部繋げれば巨大化することを知ってて集めてたのか？　実態のないリックにしかできない秘密兵器じゃねえか」

リックが装備していた兜、盾、籠手、鎧、靴の五つは、最初から一つだったように融合していた。

元から戦力差は圧倒的に向こうが有利だった。

今更、何が出てきても怯(ひる)みはしない。

そう思っていたのだが、あまりの圧倒的スケールに俺を含め、皆が唖然(あぜん)とした顔でその巨人を見上げている。

さらに巨人の肩の上に、何人かの人影を発見した。

隠密ヨル。

勇者エンド。

魔王マリア。

闇王アザトース。

吸血王カミラ。

そして、キメラがちょっと混ざっている不死王ドグマ。

大武会本戦で活躍した六人（ただしドグマは除く）が、リック陣営の幹部として、堂々とそこに立っている。

「負けられませんね」

いつの間にか、レイアもベビモの上まで登ってきていた。ベビモがサシャとクロエとチハルを背中に乗せてあげている。さっき登っていたバッツは、はたき落とされていた。どうやら乗せてあげるのは女性限定のようだ。

「行きましょう、タクミさん」

アリスの手を握っていた反対側の手をレイアが握る。

レイアはこちらを見ないので、どんな表情をしているかわからない。

「レイア！　……いや、なんでもない」

俺と手を繋いだレイアを見て、アリスが何か言おうとしてやめる。

三人で手を繋いだまま、前だけを見る。

「ちょっと、私の繋ぐ手があいてないじゃない！」

「うちも、うちも繋ぎたいわっ！」

「チハルもっ、チハルも繋ぐっ！」

ベビモの背中で三人が騒いでいる。

『タッくん、相変わらずモテモテやな』

カルナが楽しげにそう言った。

その時だった。

突然、空中に大きな穴が開く。

そこから一斉に隕石が降ってくるかの如く、無数の巨大な岩がリック陣営に向かって降り注ぐ。

だが、それはただの一つも、リック陣営に届かない。

巨人が左腕を宙に向けていた。

見えない盾を創り出し、リック陣営を覆っているのか。

衝撃音と共に、空中で隕石のような岩がすべて粉々に砕け散る。

「まだだっ！」

空中に開いた巨大な穴の中心に人影が浮かんでいる。

それは鬼のような形相をしたリンデンさんだった。

「リックっ！　これ以上、タクに近づくなっ！」

リンデンさんの背後にある穴がさらに大きくなる。

そこから山のように超巨大な岩石が顔を出す。

『これが』

巨大な鎧から、大きな声が鳴り響いた。

その声を聞いてようやく実感する。

それは間違いなくリックの声だった。

『戦いの始まりだ』

エクスカリバーが光輝き、その閃光と共に岩石を真っ二つにする。

さらにその光撃は、そのままリンデンさんに向かって飛んでいく。

「リンっ!!」

無意識のうちに、俺はそう叫んでいた。

そして、その言葉と同時に、幼い頃に失った記憶が一瞬で蘇る。

リンデンさん、いやリンは……

俺の目の前で真っ二つに切り裂かれた。

3 アリス無双

「あれ、私は……」

四神柱による身体の修復が終わり、リンデンさん、いやリンが意識を取り戻す。

「私はリックを倒そうとして……えっ!?」

ベビモの上で俺に抱き抱えられていたことに、気がついたリンが真っ赤になる。

「なんで、タクがっ！　私をっ！　ちょっと待ってっ！　心の準備がっ！　え!?　動けないっ！」

「落ち着いて、リン。四神柱に回復を受けたものは、戦いが終わるまで動けないルールにしたんだ。

そうしないと永遠に戦いは続いてしまうだろ」

「四神柱？　草原すべてに？　一体誰が……って、タク、私のこと、リンって！」

そう、失っていた子供の頃の記憶は、リンが真っ二つになる姿を見て全部蘇った。

魔法王国、西方ウェストランドから来た天才魔法少女リンは、俺の親父が経営する宿屋に宿泊していた。冒険者に憧れていた俺は、リンがいる間、ずっと付きまとっていた。馬鹿な俺はリンから魔法の一つでも教えて貰えると思っていたのだ。

「思い出したの？　あのことも全部？」

「ああ、全部思い出した」

リンが命を失いかけた記憶。

そして、リンを救おうとして、俺に起こった恐ろしい記憶。

「ごめんなさい。私のせいでっ」

「大丈夫」

あの日、リンを救えなかったらもっと後悔していただろう。

それにあの出来事がなかったら、今、こんなにも仲間達に囲まれることはなかった。

「勘違いだけど、こんな風にみんなといれて幸せだった」

心からそう思い、リンに笑いかける。

リンは必死に笑おうとするが、涙がこぼれ、口元だけがかろうじて笑みの形になっていた。

「タク、私はリックと……」

「言わなくていいよ。リックの目的はわかっている。リックが目指す世界は素晴らしい世界で、俺はその世界の王になれるかもしれない。でも、それは見せかけだけのハリボテだ」

完全なる世界（パーフェクトワールド）など、実現しない。

「人間も魔族も世界も、みんな完全じゃないから面白いんだ」

その時、凄まじい声が大草原に響き渡った。

それが、この戦いの本当の開戦の合図だった。

ガベル大草原のど真ん中。リック陣営とギルド陣営がまさに激突する、ちょうどその真ん中に火山が噴火したような雄叫びをあげる者がいた。

アリスだ。

声を上げただけで、周りの空気は震え、その重圧はその場にいるものすべてに降り注ぐ。

「撃てっ、撃てぇっ！」

恐怖に怯えた南方の装甲戦車部隊（アーマーパンツァー）がアリス目掛けて、一斉に砲撃を開始する。

アリスは避けもせずに砲弾を受けながら突進した。

装甲戦車部隊（アーマーパンツァー）が爆音と共に粉々になりながら宙に舞う。まるで、子供がいらなくなったおもちゃを乱暴に投げているような、そんな適当な攻撃で、あっという間に装甲戦車（アーマーパンツァー）は壊滅した。

ありがとうアリス。さよなら殺戮兵器。

「はっ、やるじゃねえか。さすが人類最強だな。俺様もいくぜ」

「すぐやられるから、いきなり突っ込んだらダメだと言ってるにゃ」

アリスに続いて、ザッハとミアキスが敵陣に突っ込んでいく。

ここで二人にとって想定外のことがおきる。

「おい、アリスの奴、こっちに向かってきてないか？」

「ほんとだにゃ。休憩でもするのかにゃ？」

残念ながら、アリスは休憩するほど疲れていない。

俺は戦いが始まる前に、アリスに一つだけお願いをしている。

「ミアキスっ、アイツ、顔が怖いぞっ！　味方だよなっ⁉　アイツ、俺様達の味方だよなっ⁉」

「み、味方のはずだにゃ！　き、きっと味方のはずだにゃーーーーっ⁉」

アリスの迫力に思わずザッハとミアキスが抱き合って叫び合う。

「参る」

アリスのその一言と同時に、ぶん殴られたザッハとミアキスが錐揉み回転しながら、吹っ飛んでいく。

ごめん、みんな。

俺がアリスに頼んだのは……

「うわあああああっ‼　アリスが人類最強が狂ったぁ‼」

「落ち着け！　敵の罠かもしれん！　隊列を崩すなっ！　うわぁああああっ‼　こっちきたぁあああ！」

大混乱に陥るギルド陣営。

敵のリック陣営も唖然とする中、巨大化したリックだけが、冷静にアリスの暴走を眺めている。

『タクミ、お前は……』

「そうだ。この戦いをただの戦争なんかにはしない」

俺がアリスに頼んだのは、敵、味方、関係なく、全てをブッ飛ばせだ！

大暴走するアリスはギルド陣営を滅茶苦茶に破壊した後、再びリック陣営に突撃する。まるで大型台風のような災害に、敵も味方も大混乱に陥っている。

リックの最終的な計画は予想がつく。

人類最強であるアリスは、俺が大武会で倒すためだけに用意された駒だった。それにより、俺が宇宙最強と誤認定されれば、後はアリスは邪魔になる。

だからアリスを利用した後は、タクミポイントを作り、俺をサシャのものにして、アリスを遠ざけたのだ。

アリスのいない大草原の戦いで、リックはすべてを征服した後、俺に倒されるつもりだったのだろう。

俺が世界の頂点に立てば、完全なる世界ができると盛大に勘違いしている。

しかし、アリスはリックの予想に反して、俺の元にやってきてくれた。

このアリスの出現により、リックが大草原を制することは不可能となるだろう。

計画は大幅に崩れたはずだ。

『ジャスラッ君っ！』

リックが突然、ゴブリン王の名前を呼ぶ。

「わかっている、リッ君。すでに配置についた」

暴れるアリスの目の前にゴブリン王が姿を見せる。

「アリス様、申し訳ありませんが、ここまでです」

アリスがその言葉を聞いたかどうかはわからない。

だが、問答無用でゴブリン王に襲いかかる。

「変幻自在（イリュージョン）」

あまりにも古い設定で忘れていた。そういえばゴブリン王はどんなものにも姿を変えることができるのだ。最初に会った時、たしかその姿はモウだった。そして、今、変化した姿は……

アリス唯一の弱点、合成魔獣キメラの姿だった。

「どうですか、アリス様。このまま大人しく、えっ？　ちょっと待って？　アレ、もしかして……」

アリスはまるで、そんなの関係ない、とばかりにスタスタとキメラとなったゴブリン王に近づいていく。

「もう何も、恐れはしない。タクミが側でワタシを見てくれている」

「そ、そうですか。では僕はこれで、退散ということで……」

キメラへの変化を解除し、逃げようとするゴブリン王。

その動きはまさに神業の如く素早かった。

だが、アリスの動きはそれよりも、さらに格段に早かった。

アリスに全力で殴られたゴブリン王が、大きく吹っ飛んで、空中で粉々に砕け散った。

『ジャスラッ君っ!!』

「思った通りにはいかないもんだろ？　リック」

冒険者時代、みんなで将棋で遊んでいたことを思い出す。

一番強かったのはリックで、ヌルハチやバッツですら、まるで敵わない。

だが、そんなリックがアリスにだけは将棋で勝てなかった。

いつも、負けそうになるとアリスは将棋盤ごと、ひっくり返していたからだ。

「あの時と同じだ、リック。この戦場はアリスがまるごとひっくり返す」

あの時を思い出す。

将棋盤をひっくり返した後、アリスも、俺達も……

リックも一緒に笑っていた。

4　それぞれの戦い

巨大化したリックは、動くことがなかった。

大幅に狂った計画を立て直しているのだろう。

だが、そんなことをしている間にも、アリスの暴走は止まらず、次々とすべてをなぎ倒していく。

本来ならリックがその手で倒したかった者達をだ。

「圧倒的な力で世界を征服した後、俺に倒されるつもりだったのか？」

『……』

リックは無言のまま、ベビモの上に立つ俺を見下ろしている。

「それで、世界の王になった俺になんの価値がある？　そんなもの俺でなくても、誰でもいいだろう」

『……ちがう。お前でなければならないんだ。力を持たない者しか、王になってはいけない』

「それは全部壊してしまうからか？　お前のようにっ！」

『黙れっ！』

初めてリックが感情を露わにする。

だが、すぐにリックは冷静さを取り戻す。

『……どうであろうと、タクミには王になってもらう。まだ、ここまでは想定の範囲内だ』

その声と共に、リックの肩に乗っていた者達が動き出す。

隠密ヨル。

勇者エンド。

闇王アザトース。

吸血王カミラ。

不死王ドグマ。

五人が肩から降りて、アリスの元に向かう中、魔王マリアだけが、じっとそこから動かなかった。

『アリスに勝てなくとも、時間を稼ぐぐらいはできるだろう』

「無理だよ、リック。俺にも頼もしい仲間がいるんだ」

アリスの所に向かう五人の前に、こちらも五人が立ちはだかる。

神降ろしレイア。

大盗賊バッツ。

半機械マキナ。

獣人王ミアキス。

狂戦士ザッハ。

アリスに吹っ飛ばされたはずのザッハが、まだ戦えることに驚く。動けるということは、四神柱(ししんちゅう)を使わずに回復したのだろう、どうやら前よりもかなり強くなっているようだ。

五人と五人が対峙する中、最初に動いたのは、ヨルとレイアだった。

「そこを退けっ、レイアっ」

レイアなど眼中にないというように、叫ぶヨル。

その眼前で、どんっ、という音と共に、レイアが神降ろしを発動させる。

『千本阿修羅』

それはヌルハチと戦った時の、俺が最初に見た神降ろしだった。

「私の前でその神を降ろすかっ！　レイアっ！」

ヨルの表情が変わっていた。

『そうだ、ヨル。この神はお前から奪ったものだ』

「それで勝てると思っているのかっ。私はもはや神などいらぬ！　もっと大切なものを手に入れたからだっ！」

『そうだな。今ならわかるよ。本当に強くなるためには神降ろしなど必要ない』

そう言ったレイアの身体が、少しずつ神を降ろす前の状態に戻っていく。

『なっ、これは……』

それに伴い、ヨルの声が二重音声に変わる。

さらに身体はみるみる赤く染まり、瞳も朱色に変化していく。

千本阿修羅は、ヨルのほうに移り変わっていた。

「だから全部返す。私は私自身の力で、お前を倒し……」

そう言ってレイアが見た視線の先には……

「アリス様に挑戦するっ！」

暴れに暴れまくるアリスがいた。

そのレイアの声が聞こえたのか、ほとんど表情を変えないアリスがうっすらと笑う。

それを見たレイアは、まるで憑物が落ちたように、充実した顔で力を解放する。

「参る」

レイアがヨルに向かって、渾身の一撃を振り下ろす。

レイアの背後に、一度も成功したことの無い芋の皮むきを、見事にこなすイメージが浮かんだ。

それは、いままでの力任せの攻撃ではなく、美しく華麗で、芸術のような一撃だった。

レイアとヨルの戦いに触発されたように、残った八人も戦い始める。

誰もアリスの元へは行けず、その暴走は止まらない。

「どうだ、リック。まだ想定の範囲内か？」

『そうだ。どう足掻いても、最後は同じ結末が待っている』

バルバロイ会長から聞いた始まりの勇者と始祖の魔王の話。

全ての人類を敵に回し、魔王の大迷宮で命を落としたリック。魔王の本体を守るために、何もかもを捨てたリックは、その時何を思っていたのだろうか。そして、自らの本体の前で朽ち果てたリックを見た魔王マリアは、絶望からその記憶を消し去った。

そんな二人が望んでいたハッピーエンドは、本当に完全なる世界を作ることだったのか？

「もう、本当はわかっているんだろう。魔王も、ましてや、自分自身でさえ、そんな結末を望んで無いことに」

『黙れと言っただろうっ！　すべてを失ったことのないお前にっ！　何がわかるっ！』

「わかるさ。この世界が残酷なことくらい」

でも、それでもだ。

「それでも、俺はこの世界が大好きだ」

『……タクミ』

巨大な姿をしたリックが立ち竦む。

俺にはその姿が泣いているようにしか見えなかった。

『タッくんは、もううちがおらんでも大丈夫やな』

カルナがそう言った途端、魔剣から人間形態の姿へと戻っていく。

「うちも行くわ。一族のみんなと戦ってくる」

草原の中心部でクロエ率いるドラゴン一族と北方の蛮族が戦っていた。

単体ではドラゴン一族が有利だが、数の力で戦況は蛮族が押している。

「力は、充分なのか？」

「うん。いっぱい胸に溢れとる」

ベビモの上から下を見下ろし、カルナが飛び降りようとする寸前、俺のほうを振り返った。

「タッくん、世界だけやなくて、うちのことも……」

「ああ、カルナのことも大好きだぞ」

「……好きの種類ちゃうような気がするけど、まあええわ」

飛び降りると見せかけたカルナが、いきなり俺の側まで急接近してきた。

「あ」

唇になにか柔らかいものが触れたと思った時には、既にカルナの姿はベビモの上から消えていた。

「ほな、行ってくるなっ！　続きはまた後でなっ！」

ドラゴン一族と蛮族が戦うど真ん中に突撃するカルナ。

「うわぁ、カル姉っ！　それ味方やからっ！　ちょっ、なにニヤついてるんっ！　まさか、タクミ殿になんかしたんちゃうやろなっ！」

「ひひ、内緒や、クーちゃん。ほな、いくでぇ!!」

カルナがドラゴン形態に変化する。クロエの倍の大きさの迫力ある黒龍（ブラックドラゴン）が咆哮をあげた。劣勢だったドラゴン一族が一気に盛り返す。

まだ温かい感触が残った自分の唇を触りながら、自然と笑みがこぼれていた。

もう一度、噛み締めるように実感する。

俺はこの世界が大好きだ。

5 リックとタクミ

戦場はもはや、完全にお祭り騒ぎになっていた。

一度致命傷を負った者は動けなくなるので、現在も戦っているのは、かなりの強者達だ。

退場となったリック陣営、ギルド陣営の者達は、離れたところから、戦いの成り行きを見守っている。

「おい、アレ見ろよっ！　闇王アザートスが半機械と戦ってるぞ！　大武会のリベンジだ！」

「いや、あっちもすごいぞ。キメラがちょっと混ざった不死王ドグマと狂戦士ザッハの戦いが始まったぞ」

「なんだってっ！　最弱決定戦じゃねえかっ！　そりゃ熱いなっ！」

「どっちも目が離せないな、誰が残るか賭けないかっ？」

「いいね、取り敢えずドグマは外しとこう」

戦いが終わった者達は、観客気分で見学している。

「はい、いい武器あるよー。いまなら、戦場特価二割引きだよー」

賭けだけでなく、ついに武器を売る親父まで現れる。魔剣カルナをレイアに売りつけ、魔盾キングボムを俺に押し付けてきたタクミ村の武器屋の親父だった。

「親父、防具とかあるか。近くで見てると危なっかしい」

「はい、いいのがありますよ。こちらの防具はあらゆるものを溶かす魔装備でして……」

相変わらずとんでもないものを売っている。


『……なんだ、これは』

その戦場を眺めるリックは、徐々に冷静さを失っていく。

『何もかも失った。仲間も、家族も、肉体さえも失った。それでも望んだ世界は手に入らなかった』

リックの声は震えている。

『数多（あまた）の犠牲の上でないと、完全なる世界（パーフェクトワールド）は成し得ない。それをこんなっ！』

全てをかけて、挑んだのだろう。

だが、俺が全て台無しにした。

『それをこんなっ！　児戯（じぎ）のような戦いでっ！』

巨大化したリックの叫びが聞こえないほどに、お祭り状態は加速していく。

いつのまにか、皆、酒を飲みながら、敵味方関係なく、どんちゃん騒ぎに突入している。

「おい、見ろっ！　ドラゴン一族と北方蛮族の戦いにアリスが突っ込んでいくぞっ！」

「いや、まてっ！　誰かがその前に立ったぞっ！　なんて命知らずだっ！」

アリスの前にバルバロイ会長の新しい秘書、エンシェさんが立ち塞がる。

「悪いが、アリス様といえど孫達の戦いの邪魔はさせん」

そう言ったエンシェさんが、巨大な龍に変化していく。

あれは、アリスから逃げていたはずの古代龍（エンシェントドラゴン）っ!!

「敵わぬのは承知の上だ。だが、わしの目の黒いうちは……ぎゃんっ！」

すべての台詞が終わらないうちに、古代龍（エンシェントドラゴン）は吹っ飛ばされて白目をむく。

「カル姉っ！　じいちゃん、ぶっ飛んだっ!!」

「あかんっ！　アレは無理やっ！　逃げるで、クーちゃんっ!!」

蜘蛛の子を散らすように逃げるドラゴン一族と北方蛮族。

手に手を取り合い、仲良く逃走している。

『……なんなんだ、これは、四神柱（ししんちゅう）とアリスだけで、こんなにも、ふざけた戦場になるのか』

緊張感のカケラもなくなった戦場で、リックは呆然と立ち尽くす。

「リック様っ！　まだですっ！　我らルシア王国騎士団は、リック様と共にっ！　……うわっ、なんかきた。でかい綿あめがっ！　いやぁあああっ！」

リックの足元に集まったルシア王国騎士団をベビモが根こそぎ丸呑みにする。

「むきゅきゅーーん」

さすがの四神柱でも、これは復活に時間がかかりそうだ。

『……こんなもので』

リックが聖剣エクスカリバーを抜いて、振り上げる。

『こんなものでっ！　何もかも上手くいくと思っているのかっ！　タクミっ！』

ベビモに乗っている俺に向かって、真上から一直線に巨大なエクスカリバーが振り下ろされた。

だが、俺に当たる寸前で、リックはエクスカリバーをピタリと止める。

「すげえ、気合いだけでタクミが巨大エクスカリバーを止めてるぜっ！」

「さすが宇宙最強だっ！　やっぱり他とは桁が違うっ！」

まわりが騒つく中、俺はリックの問いに答えない。

その答えを言うべき者は俺ではなかったからだ。

「もうやめよう、リック」

ずっと、リックの肩に乗っていた魔王マリアが初めて、口を開く。

「余とリックの時には、こんな戦いにはならなかった。凄惨で残虐で血に塗れていた。今回もそうなる筈だった。だが、タクミはこんなにも明るい戦場を作り出した」

そう言った魔王マリアの顔は泣いているようであり、笑っているようでもあった。

「我々の負けだよ。完全な世界でなくてもいいじゃないか。この世界は不完全だからこそ、楽しくてワクワクするんだ」

『……マリアっ』

ピシッ、となにかが軋む音が響く。

それは、巨大化していたリックの装備から聞こえてきた。

これまで、どんな戦いでも傷一つつかなかったリックの装備に大きなヒビが入っている。

『これで、このままの世界でいいのか？　マリア』

魔王マリアがリックの横でうなづいた。

ピシッ、ピシッ、とヒビ割れが広がっていく。

そこからまばゆい光が漏れ、装備は音を立てて崩れだす。

大草原が漏れ出る光に包まれる。

魔王マリアの言葉が、この世界に未練を残し、この世界に縛られていたリックの魂を解放したのか。

「一緒に帰ろう、リック。今度はもう忘れない」

戦場の全てが光に包まれ、真っ白に染まる。

その白い世界に、赤毛で栗色の瞳をした、どこかエンドに似ている少年の姿が見えた。

「リック、なのか？」

少年は答えずに、ただ白い世界に向かって歩いていく。

その先に真っ白い人型の何かが立っていた。

目も鼻も口もない、その白い者は、まるで少年を迎えるように、両手を広げて待ち構える。

「リックっ！」

二度とリックと会えないような予感がして、俺はそこに向かって手を伸ばした。

少年は一度だけ振り返って、俺を見て、小さく笑う。

そして、リックは……

白い世界へ消えていった。

閑話　大武会・アリス大戦　終【アリス】

生まれて最初に感じた感情は怒りだった。
見るものすべてが憎らしく、なにもかもが真っ赤に染まって見えた。
魔王の大迷宮（ラビリンス）に叩き落とされる前の記憶はほとんどない。
だが、一つだけハッキリとした記憶があった。
『お前は最強だ。だから……』
それは人間の言葉でも魔族の言葉でもなかった。
そして、ワタシは生まれた時からその言葉を理解していた。
『だから、全部、破壊（こわ）してもいい』
その言葉を言った者の顔は思い出せない。
ワタシの父なのか、母なのか、それとも赤の他人なのか。
ただ、言葉だけがワタシの中に残っていた。

魔王の元に送られたのは、恐らく最初に魔王を壊すためだったのだろう。
二年が過ぎたあたりから、力が暴走し、抑えきれない破壊衝動が襲うようになった。しかし、ワタシはすぐに魔王を破壊しなかった。魔王に情が湧いたのか、あの言葉に逆らいたかったのか、その時の感情はもう思い出せない。ただ、魔王の部屋一面に咲くブルーローズを見た時の感情は覚えている。

その花は美しかった。そして、美しいだけではない何かがそこにあった。

ワタシはそれを壊したくない、いや壊してはいけないと思ってしまった。

それから三年間。

破壊の衝動は、日に日に増していく。ブルーローズを見ることで、なんとか気持ちを落ち着かせていたが、限界が近いことを感じていた。

あの言葉は、心に楔（くさび）を打つように深く深く、突き刺さっている。

この世界でワタシは誰よりも強く、だから、すべてを壊してもいい。そう勘違いしていた。

そんな時だった。

ワタシの世界のすべてがひっくり返る。

まるで力を感じない、吹けば飛ぶような貧弱な男が魔王の扉を簡単に開けて現れた。

『なに、こいつ？　壊していいの？』

『いや、ちょっと待て、この男は……』

魔族語で魔王にそう尋ねた時だった。

男がワタシの頭に向かって手を伸ばしてきた。

攻撃なのだろうか。

それは、あまりにもゆっくりで避ける価値もないものだった。

せめて、それを受け止めてから壊してやろう。

『ば、バカっ！　やめろっ！』

魔王の制止はワタシに言ったのか、男に言ったのか、わからなかった。

どちらにせよ、もう止めることはできない。

男の手がワタシに届いた瞬間に、粉々に破壊されることは、すでに決まっていた。

そう、決まっていたはずだった。

『んっ』

だが、そうはならなかった。

男の手がワタシの頭に触れた瞬間、すべての力が抜けていた。

同時に放たれたワタシの拳はぺちん、と情けない音を立てて、男の肩に当たる。

その日からまるで嘘のように、ワタシの破壊衝動はピタリと止まった。


あの日、タクミと出会わなかったら、ワタシはどうなっていただろう。

どうして自分が最強などと勘違いしていたのか、今となっては恥ずかしくてたまらない。

タクミの力はいまだ、その片鱗（へんりん）すら知ることができない。

十年前からそうだった。

魔王の扉を開ける力がありながら、その力を決して表には出さない。

極限まで、力を封印しゼロにする。

おそらく、そうすることにより、タクミは自らに過酷な修行を課しているのだ。

大武会の戦いは、最終局面を迎えていた。

全員が最後の一撃を繰り出そうと力を溜めている。

一瞬即発の重苦しい空気の中、誰もが動けず、構えたままの姿勢で、微動だにしない。

そんな中、一人だけこの場を自由に動くものがいた。

タクミだ。

いつもと変わらない、気の抜けた表情でこちらに近づいてくる。

「ふっ」

思わず笑みがこぼれる。

敵わない。ワタシは恐らくどんなに強くなろうと、タクミのような力を得ることはできないだろう。

だけど、それでいいと思った。

並び立つことは叶わなくても、ただタクミという存在がいるだけで、ワタシは救われる。

「みんな」

タクミの声は、観客には聞こえないくらいの小さな呟きだった。

「怪我しないように頑張って」

あまりにも場違いな言葉に、サンドイッチの時と同様、全員がポカンとなる。

タクミにとって、ワタシたちの戦いなど子供の喧嘩のようなものだ。タクミなら幼子をあやすように、全員怪我をさせずに勝つことができるだろう。だけど、今のワタシにはこれが精一杯だ。

目を閉じて、すべての感覚を研ぎ澄ます。
舞台の上にいる三人、いや姿が見えない一人もくわえた四人の力が見えてくる。
どれだけの力で殴れば破壊されるのか。
その一歩手前、ギリギリの力を四人分、作り出す。
十年間、少しでもタクミに近づくために死にものぐるいで鍛えてきた。
ワタシの力はすべてを破壊するためにあったのかもしれない。
それでもタクミと出会い、手加減を覚え、力のコントロールを身につけた。
少しは強くなったとタクミは褒めてくれるだろうか。
「参る」
四面一殺。
ワタシは四人同時にそれぞれ違う力で、殴りかかった。
踏み込んだ足の力に舞台が耐えきれず、クレーターのような穴が四つでき上がる。
穴から亀裂が走り、舞台が割れるように崩壊していく。
四人は回転しながら、東西南北に吹っ飛んでいった。
しばらくは動けないが命に別状はないだろう。
瓦礫と化した舞台の上にワタシとタクミだけが残った。
二人、見つめ合うように対峙する。

タクミの顔を十年ぶりにじっくりと眺めた。

今更、優勝者を決めなければいけないのか。

すでに目を閉じた時、タクミに勝てないことはわかっている。

姿を消した者でも感じ取れた力の流れを、タクミからは一ミリも感じなかった。

一体どれほど強くなれば、タクミの力を知ることができるのだろう。

「タクミ、ワタシはっ……」

ワタシは強くなっただろうか。

並び立つことはできなくても、少しは近づけただろうか。

言葉にしたい想いは口から出てこない。

それでもタクミはすべてをわかったように頷いてくれた。

そして、出会った時と同じようにタクミがワタシの頭に手を伸ばしてくる。

幼かったワタシは、タクミに触れられ、力が全て抜け落ちた。

だが、今度は触れられる前から、身体の自由がきかなくなっていた。

すでにワタシの鼓動は尋常でなく速くなり、心臓が口からはみ出そうな勢いで、飛び跳ねている。

ぽん、と頭に手を置かれた瞬間に、身体中が爆発したように熱くなった。

これまで受けたどんな攻撃よりも強い攻撃に、もはや立っていることもできずに跪(ひざまず)く。

「大丈夫か、アリスっ」

地面に手をついたワタシをタクミが支えようとしてくれる。

さらに、身体から力が抜けていき、鼓動は爆音のように鳴り響く。

これ以上タクミに触れていたら死んでしまう。

なのに、このまま死んでもいいとさえ、思ってしまう。

凄まじい攻撃に、完全に打ちのめされた。

だが、それでも絶望感はない。

タクミがいてよかった。

壊せないものがあってよかった。

心からそう思う。


ワタシの敗北により大武会の優勝が決まったタクミが、インタビューを受けながら困った顔であたふたしていた。

「え？　優勝の「なんでも願いを叶える権利」？　いいよ、もともと魔王の疑いを晴らすために参加しただけだし、アリスに譲るよ」

宇宙最強の力を持ちながら、その力を誇示することなく、ただ平和に暮らす。

ワタシは、そんなタクミをずっと見ているだけで幸せだった。

タクミに触れられた頭を自分で触る。

『だから、全部、破壊(こわ)してもいい』

温かいものが、身体中に広がり、ずっと楔(くさび)のように心に残っていたあの言葉が消えていく。

ありがとう、タクミ。

そう言ったはずだったのに、口からは違う言葉があふれ出る。

「愛してる、タクミ」

大歓声にかき消され、その言葉はタクミには届かない。

だが、それでいい。そう思った。

裏章

裏章 1　リックとヨル

最初にその男が来た時からわかっていた。

すべてを失い、それでも諦めきれず足掻く者。

自分と同じだったからこそ、感じたのかもしれない。

「仕事を請け負っていると聞いた」

その男は全身を黒い鎧で固めていた。

黒い装束で全身を覆う隠密は、裏仕事を生業とし、自身の存在を限りなく影に近づける。

だが、この男はまるで黒そのものだった。

深く深く暗い闇のような黒。

私は一瞬、答えることも忘れ、ただ男を見つめていた。

「ここの長に会いたいのだが……」

「あ、ああ、すまん。今は私が長の代わりをしている」

隠密の隠れ里に、直接仕事を依頼する人間はいない。

本来なら仲介役の人間と、毎回違った場所で秘密裏に接触する。

ここに外部の者が来たことすら初めてだった。

「私達のことを知っているようだが、誰の紹介でここにきた？　そもそも貴方は……」

何者か、という前に男は右手を胸に当て頭を下げた。

その立ち振る舞いが、あまりに堂々としていて、私は再び見惚れてしまう。

「失礼した。俺はリック。リック・カイ。ルシア王国の騎士団長だ」

隠密の依頼のほとんどはルシア王国の貴族達によるものだ。

幾度となく、醜い派閥争いに私達は利用されてきた。

だが、聞く前から、リックという男の依頼は、そんなくだらないものではないと感じる。

「いいだろう。依頼内容を聞こう。だが、次からは直接来ないでくれ。ここは隠れ里なのでな。人に知れ渡ると場所を変えなくてはいけなくなる」

「ああ、そうか。それは悪いことしたな。えっと……」

「ヨル。セカンドネームはない。ただのヨルだ」

それが私とリックの最初の出会いだった。


「冒険者ギルドに入る？」

「ああ、そうだ。できればランキング１０位以内を目指してほしい」

リックの依頼は予想よりも奇天烈（キテレツ）だった。

潜入調査だとしても、ギルドランキングの上位に入って、なんの意味があるのだろうか。

「ギルドランキング１０位以内が集まる十豪会（じゅうごうかい）、それに参加できるようにしてほしい」

「十豪会（じゅうごうかい）？　ギルド協会本部で行われるあの十豪会（じゅうごうかい）か？」

「そうだ。ただ次の十豪会はギルド協会本部で行われない可能性が高い。目的は場所ではなく、そこに参加する人物だ」

「人物？　そいつはランキング10位に入っているということだな」

「いや、今はまだ入っていない。今はまだな……」

全体的に要領を得ない。目的の人物がやがてランキングに入ることを確信しているのか。それにしても不安定で不確かな依頼だ。

恐らく本来の目的を話す気はないのだろう。

普段ならそれは別に気にすることではなかった。

隠密の仕事は、ただ依頼を受けて遂行するだけだ。

なのに私は彼の目的が知りたくなっていた。

他人のことに興味を持ったのは、この時が初めてだったのかもしれない。


ギルド協会の入門試験を受けに来て唖然となった。

こんな偶然があるのだろうか。

目の前に、神降ろしの一族を壊滅させ、里を出て行った女が立っていた。

「知り合いか？」

リックに答えることができなかった。

今は依頼の最中で、冷静に対処しなければならない。そうわかっていても、一族の仇ともいえるレイアとの再会に頭が焼けるように熱くなる。

レイアは私を見ようともしなかった。まるで、そこに私が存在していないように、淡々と受付を済ましている。そのことにさらに頭が沸騰していく。

「落ち着け。焦らなくていい」

リックが私の肩に手をそえる。

「すべては繋がっている。やがて、また戦うことになる」

まるで未来が見えているようなリックの言葉を、私は疑いはしなかった。

頭から冷水を浴びたように、急速に冷静さを取り戻していく。

「貴方は一体、何をしようとしているの?」

答えてくれるなどと思わない。

無駄なことは話さない寡黙(かもく)な男は、沈黙の盾と呼ばれていた。

だが、まるで優しく子供に話しかけるようにリックは私に答えてくれる。

「完全な世界を作りたいんだ」

冷たい鎧ごしのはずなのに、私の肩に添えられた手から温かい何かを感じていた。


リックと二人でギルドのクエストを何度もこなしてきた。

ランキングは急速に上がり、10位以内が見えてくる。

一年の月日が流れた時、これまでずっとランキング1位だったヌルハチが2位に転落していた。

アリスという見たことのない名前が1位になる。

「彼女が目的の人物なの？」

「違う。再びランキングは入れ変わる」

その言葉に、ほっとしている自分に気がつく。

リックの目的の人物はずっと男性だと思っていた。それが女性かもしれないと思っただけでこんなにも動揺してしまっている。異性と一年近く生活を共にすることなど今までなかった。いつの間にか、リックの行動を目で追うようになり、些細なことまで気にするようになってしまう。

「そういえば、リックは私以外にも何人かに依頼をしているようだが、私を含め、全部女性なのは、なにか意味があるのか？」

「ん？　そうだったかな」

「ええ、ギルド協会の秘書リンデンに、ランキング4位のマキナだ」

「ああ。調べたのか？　意味はないぞ、たまたま女性だったというだけだ」

「……そうか。一応信じておこう」

実際、リックには親しい女性の影はなかったが、一つだけ怪しい行動を取るときがあった。

一日に一回、必ず祈りを捧げる。それは神に祈るというよりは、まるで愛する者に語りかけるような、そんな所作に見えて仕方がなかった。

誰に祈りを捧げているのか。

そのことを考えるだけで、胸が張り裂けるように痛くなる。

ギルドランキング10位以内に入り、最初の任務は完了する。

その頃、リックの宣言通り、タクミという男がアリスを抜いて、ランキング1位になっていた。

「十豪会に参加して、その男を近くで見てくれ」

何故とは聞かなかった。

やがて、リックは私にすべてを話してくれるだろう。

私はその時を待っていればいい。

ただ一言だけ私はリックに質問する。

「すべてが終わったら、貴方は幸せになれるの?」

リックは答えるかわりにゆっくりと自らの兜を外す。

そこには何もなく、兜を持った頭のない黒い鎧が目の前に立っていた。

「その時には、俺はこの世界にいないだろう」

何もない空間に手を伸ばす。

そこにあるはずだった彼の顔に触れようとする。

何もない空間で、私の手は確かにリックを感じていた。

「でも、それでいいんだ」

私は目を閉じて、そのままリックに顔を近づけた。


大草原の草むらに埋もれるように倒れていた。

巨大化したリックが崩れる中、動けない私は空を見上げることしかできなかった。

リックの魂が白い世界に吸い込まれていくのが見える。

もう届くことはないかもしれない。

それでも、必死に手を伸ばす。

「……それでいいわけ、ないじゃない」

私はリックを裏切っていた。

私にとって、リックのいない世界など、完全な世界なんかじゃない。

だから私は、バルバロイ会長の依頼を受けて、タクミが提案した四神柱（ししんちゅう）の設置に協力した。

「悪いけど、逃がさないから」

すべてを失い、大切なものなど二度とできないと思っていた。

それをもう一度、私に与えて消えるというのか。

私はっ、もう二度と大切なものは離さないっ！

「朱雀っ!!」

最後の力を振り絞る。

四神柱を設置する際、朱雀の一部を私の体内に降ろしていた。

その力を私の右手に集め、開放する。

私の手と繋がった朱雀の翼が、リックの魂めがけて飛んでいく。

「届けっ！　届いてぇっっっ!!」

指先がほんの少し、何かに触れたような、そんな感覚が朱雀を通して伝わってくる。
朱雀が削りとったであろう魂の欠片。
その白く小さな粒が破壊されたリックの鎧に降り注ぐ。
あの時と同じように、私の指先は温かい何かを感じていた。

裏章　2　リックとバッツ

「まったくこいつぁ驚きだな」

崩れ落ちるリックの魔装備を見ながら感心する。

まったく手を出さずに決着をつけてしまった。

「すげえ、宇宙最強タクミが手も触れもせずに巨大リックを倒したぞっ！」

「なんて強さだっ！　俺達は今、伝説を目の当たりにしているっ！」

敵も味方も関係なく、タクミを褒め称えている。

ガベル大草原では、まだいくつかの戦いが繰り広げられているが、命が失われない戦場に恨みや憎しみはなく、まるでスポーツが繰り広げられているようだった。

望もうが望むまいが、タクミの活躍という形で、全てが収束していく。

リックの望んだ結末とは違うが、きっと悪くない世界になっていくだろう。

「……だが、そこにお前がいないとタクミは悲しむだろうな」

リックが残した魔装備の残骸に向かう。

バラバラになった魔装備は、元の大きさに戻り、そこには、すでにサシャが到着していた。

「わずかに残っているわ、バッツ」

大きな未練を残し、この世界にしがみついていたリックの魂は消えていった。

だが、それだけじゃなかったはずだ。

タクミ達と一緒に冒険した日々を、少しでも楽しいと思ってくれた魂ならきっと残っている。

「本当に小さいわ、壊れた装備に、ほんの少しついているだけの魂の残滓（ざんし）。まるで、必死に削り取ったみたいな、小さな欠片（かけら）よ。こんなもので大丈夫なの？」

「どうかな。あとはリックの思い次第だ」

タクミが戦場となる大草原に四神柱（ししんちゅう）を設置したのは、誰も死なせないためだけではないはずだ。

リックの救済を、最初から視野に入れていたとしか思えない。

「リックの肉体はどうだった？」

「魔王の隠し部屋に、氷漬けで保存されていたわ。保存状態は最高に近いわね」

魔王とリンデンの協力の元、リックの肉体は密かに運ばれてきた。

魔王がリックの肉体を残していたこと。

それを瞬間的に運べるリンデンがいたこと。

最高レベルの僧侶であるサシャがここにいたこと。

そして、この場に四神柱が配置されていたこと。

偶然がこれだけ重なれば、それはもう必然だったのだろう。

「バッツ、ダメよ。肉体と魂が定着しない。離れていた期間が長過ぎる」

「大丈夫。この後、お楽しみが待ってるからな」

オイラ達がやっているのは数千年前に亡くなったリックを、今亡くなったように世界を欺（あざむ）くことだ。

「リック、お前さ、いつもタクミの料理食べた時、どんな感じだった？　魂だけより肉体があったほうが絶対にうまいと思うぜ」

「バッツっ！　リックの魂に反応がっ！」

「はっ、やっぱり食べたかったのか？　残念だなあ。この戦いが終わったら、タクミがみんなに料理をふるまうそうだぜ。今、取っておきのやつを作ってやるって、張り切ってたぞ」

どくん、という心音が鳴り響く。

「バッツ、リックがっ！」

「ああ、聞こえたよ」

そうだ。そんなもんだよ、リック。

世界がどうだとか、ご大層に語っても、腹が減ったら何もできない。それが人間ってもんなんだ。

ルシア王国でリックに捕まった時、オイラはリックから、人間の感情をまるで感じなかった。最初から、他人になど興味はなかったのだろう。

だけど、そんなリックがタクミと接する時だけは、どこか優しい空気が流れていた。タクミの料理を食べて、美味いと言っていたのは、全て演技ではなかったはずだ。タクミの料理にはそういった力があった。

リックだけではない。

オイラやサシャ、ヌルハチやアリス、そしてベビモまでもがタクミの料理に救われてきた。

自分のために作ってもらった料理は、心が温かくなり、無くしていた感情も蘇る。

「これからは一緒に食べれるぜ。楽しみだな、リック」

そう言った時だった。

風に乗ってどこかからチーズの焼けた匂いが漂ってくる。

どうやら、料理の完成が近いようだ。

そして、それに反応するように、ぴしっ、とリックを覆っていた氷にヒビが入った。

四神柱の朱雀が激しく反応する。

紅い炎の鳥が目の前に出現し、燃え盛る炎を氷漬けのリック目掛けて吐き出した。

「バッツ、今ならっ」

「ああ、蘇生魔法をたのむ」

氷が溶けるなか、サシャがリックの肉体に蘇生魔法をかける。

崩れていた肉体が再生していき、リックの肌が生気に満ち溢(あふ)れていく。赤毛のショートヘアに栗色の瞳。どこかあどけなさが残る青年の姿が再生されていく。

「ちょっと、リックかなり若くないっ!?」

「うん、ちょっと羨ましい」

リックの姿はかなり若々しい。

魔王を守るため、人類を敵にまわし、世界を憎んだリックの魂は、白い世界へと消えていった。

今、再生しているリックは、きっとその前の、魔王と二人で生きていた時の、純粋な心を持ったリックなのだろう。

氷が全壊し、リックの身体が姿を表す。

オイラが触れると、そこには確かな鼓動と温かい体温があった。

目を開いたリックはしばらく辺りを見渡した後、最初にオイラの顔を見て、次にサシャを見た。

「おはよう。ヌルハチはまだ寝てるのか？　いい匂いがするな。タクミが何か作っているのか？」

サシャが涙を溜めたまま、リックに抱きつく。

「ああ、みんなで食べに行こう」

サシャに抱きつかれて困惑しているリックには、もう顔を隠す兜はない。

きっといままでで一番美味いメシになる。

オイラの腹が大きな音をたてて、リックが初めて笑顔を見せた。

裏章3　タクミとリンデン

調子に乗っていた。

天才魔法少女と煽てられ、幼い頃からチヤホヤされていたからだ。

私が生まれた西方ウェストランドは魔法王国と呼ばれ、魔力の強い者が高い地位につくことができた。六老導と呼ばれる六人の魔法使いが国を支配し、その高い魔力から数百年、トップは入れ替わることがなかったという。

「リンの魔力は、計り知れない。これは六老導が入れ替わるかもしれんぞ」

両親も私を褒め称え、持ち上げる。

私の増長は止まるところをしらなかった。

「新しい魔法を作ったの、これ、どうかしら?」

10歳の頃、魔導書にないオリジナルの魔法を完成させる。

何もない空間に小さな穴を開ける魔法。それは、すでに失われていた古代魔法の一種だったらしい。

両親だけではなく、国を挙げての大騒ぎになった。

天才魔法少女として、私の評価はさらに上がっていく。

「失われた古代魔法は、六老導ですら、わからないらしい。どうだ、リン。総合国家、中央センターワールドにいってみないか?」

そこには、長きに渡り、ギルドランキングの一位に君臨する大賢者ヌルハチがいるという。

彼女ならば、失われた古代魔法の知識を持っているのではないか、ということだった。

「そうね。大賢者など、役に立つかわからないけど、観光ついでに行ってあげるわ」

世間知らずで、怖いもの知らずだった私は、軽い気持ちで中央センターワールドに向かう。

愚かな私は自分が無敵の英雄にでもなったつもりだった。

その勘違いにもっと早く気がついていれば、あんなことにはならなかったのに……

「なんなの、ここはっ！　もっといい宿は取れなかったのっ！　こんな薄汚いところに私を泊めるつもりっ!?」

中央センターワールドの宿屋は、私が住むお屋敷よりも小さく、まるで掘っ建て小屋だった。

「すまない、リン。この宿屋は大賢者ヌルハチの御用達らしい。ここで待っているようにと、ルシア王国の女王から伝えられたんだ」

「ふんっ、こんなところが御用達なんて、大賢者も大したことないわねっ。強力な魔法が使えるという噂も怪しいものだわっ」

この当時からヌルハチは、信じられないようなクラスのクエストを一人で受けて、魔力を貯めていたという。私なんかとは比べものにならないほどの魔法使いだったが、身の程知らずの私は大賢者すら見下していた。

「まったく、せめてご飯くらいはマシなものが出てくるんでしょうね。これで不味かったら、さすがに我慢できないわよっ！」

そう怒鳴った時だった。

部屋の扉の隙間から、じっと私を見る視線に気がつく。

「なによ、あなた」

扉を開けると、そこには同じくらいの年齢の少年が立っていた。

みすぼらしい布の服に、木の棒を腰にさしている。

「夕食ができたから呼びに行けって、父さんに言われたんだ」

「あらそう。話聞いてた？　ご飯不味かったら、承知しないわよ」

「大丈夫だよ。父さんのご飯は世界一美味いんだ」

そう言ってニッコリ笑う少年に、私はふんっ、とふんぞり返る。

それが、タクミとの初めての出会いだった。

「なにこれっ、本当に美味しいじゃないっ！」

まったく期待してなかったのだが、少年が言ったように、料理はかなり美味しいものだった。

材料に豪華なものはまるでない。

なのに素材の味を最大限まで引き出し、旨味を凝縮させたような料理は、これまで食べたどんな料理よりも美味しいものだった。

「ほら、言ったとおりだろ」

まるで自分が作ったかのように少年が胸を張る。

ちょっとカチンときたが、料理を食べる手が止まらなかったので許してやることにした。


大賢者ヌルハチが現れぬまま、二週間が経過する。

予定よりクエストの攻略が遅れているらしく、ここに来るまでまだ数週間はかかるらしい。

「何？　今日もついてくるの？」

「う、うん。ダメかな？」

「いいわよ、べつに見られて減るもんじゃないし」

大賢者を待つ間、腕を鈍らせないために、日中は毎日、街の外に出て魔法の修練をしていた。

少年はどうやら冒険者になりたいらしい。いつも私の後からついて来て、その様子を眺めているが、少年には魔力どころか、普通の力もないように感じた。

冒険者より、宿屋を継いだら？

そう言おうとして、やめておく。

なんの才能もないのに、必死に努力して冒険者になろうとする少年を私は応援したくなっていた。


さらに二週間が経過して、ここに来て一カ月になるが、大賢者ヌルハチはやってこない。

「ほら、タク、いくよ。今日は古代魔法見せてあげるわ」

「ほんとにっ！　すぐ準備するよっ！　待ってて、リンっ！」

私達はいつのまにかタクとリンと呼び合うほど仲良くなっていた。

タクは他の人間とは違っていた。膨大な魔力を持っている私に対しても、まるで普通に接してくる。思えば、同世代の友達ができたのは初めてのことだった。私はタクと一緒にいることが楽しくて仕方がなく、このまま大賢者が来なくてもいい、とさえ思うようになる。

「古代魔法はまだ解明されてない部分があるから、無闇やたらに使ってはいけないの。でも、タクには特別に披露してあげる」

私は浮かれていたのだろう。

古代魔法の危険性はわかっていたのに、タクに自慢したくて、軽々しく使ってしまった。

「すごいよっ、リンっ！　空間に穴が開いてるっ！」

街から、少し離れた高原の丘に、拳大の小さな穴を出現させる。

後に空間魔法と呼ばれるものだが、その時の私にはその正体はわからない。

「これ、どこに繋がってるの？　中はどうなってるの？」

「わからないわ。まだ制御できないの。使うたびにランダムで色んな所に繋がるのよ」

それが戻ることのできない、深い深い闇へと繋がっているなど、私は考えもしなかった。


突然、空気が重くなった気がした。

雲ひとつ無く晴れ渡った空が、明らかにどんよりと暗く濁っている。

空間に開けた穴から、異様な気配が漂っていた。

「そ、そろそろ閉じるわ。タク、ちょっと下がって……」
ぬ、とそれは現れる。
いきなりだった。
空間の穴から、黒い腕が生えていた。
「え？　リン、これはなに？」
知らない、と言おうとしたが、声がでない。
なんだ、アレは？
膨大な魔力を持っている私がまるで何もできない。
絶大な存在感に足が竦み、全身がガタガタと震え出す。
なんとか空間を閉じようと、全ての魔力を振り絞る。
しかし、それは黒い腕によって、いとも簡単に弾き返された。
穴から聞こえてきた声は人間の声ではない。
鼓膜を掻きむしられるような、得体の知れない声にぞっと鳥肌が立つ。
『終焉の始まりダネ』
黒い腕が伸びて、私の足元の地面を掴む。
そこに引っ張られるように、にゅるんとその全てが姿を見せる。
それは、目も鼻も口もない、ただただ真っ黒な人型のなにかだった。
ゆらりと、しかし圧倒的な威圧感で幽鬼のように、私の前に立っている。

もう、直感でなく、確信だった。
世界が終わる。
これはそういう存在だ。
私は絶望のあまり、全てを諦め、号泣することしかできなかった。
『オマエがワタシを呼んだノカ？』
黒いモノは、ゆっくりと私の頭に手を伸ばす。
『感謝スル。最初に破壊するのはオマエにしてヤル』
抵抗する意思すら出てこない。
ただ世界のみんなに、タクに、謝りたかった。
ごめんなさい、ごめんなさい、ごめんなさい。
声に出せない言葉を、何度も何度も、繰り返す。
「おい、お前、やめろよっ！　リンをいじめるなっ！」
びっくりしたのは、私だけではなかった。
私と黒いモノの間に入ったタクを見て、黒いモノが固まっている。
『……オマエ、どうして動けるんダ？』
目はないが、黒いモノがタクを覗き込んでいるのがわかった。
逃げて、タクっ！
そう叫んだはずだが、声は出ない。

『生存本能が欠落しているノカ？　こんな人間ははじめてダ』

「しらないよっ、いいからリンから離れろっ！　怖がってるだろっ！」

『……フム、自分でもわからないノカ。白が作ったものでもナイ。不思議ダ。オマエは一体何者ダ？』

黒いモノが、今度はタクの頭に手を伸ばす。

『いいだろう。オマエのすべてを差し出すなら、他は許してヤル。さあ、選べ……』

「言う通りにするよ」

黒いモノの言葉が終わらないうちにタクは、すべてを差し出してしまった。

『……考えなくていいノカ？』

「うん、いいよ。それでリンが助かるならかまわない」

ダメだよっ、やめてっ、いやだっ、まってっ！

いくら叫ぼうとしても、言葉にならない。

黒いモノの手が、触手に変わり、タクの身体にまとわりつく。

『っ!?　コレが、オマエの記憶なノカ？　なんだ、コレは？　ワタシがわからないモノがあるというノカっ！』

タクの全身が触手に侵され、真っ黒になる中、全身を覆っていた圧倒的な威圧感が、一瞬だけ薄くなった。

『そうカッ！　オマエはこの世界のッ！』

タクの記憶を覗いた黒いモノは明らかに動揺している。

それは最初で最後の、一回限りのチャンスだった。

「うわぁあああああぁあぁあぁっ!!」

残った魔力をすべて使い、空間に開いた小さな穴を大きく広げる。

そのまま、私は無我夢中で黒いモノに体当たりをした。

「離せっ、タクから、離れろっ！」

タクから引き剥がすように、黒いモノを穴に押し込もうとする。

「帰れっ、帰れぇええっ!!」

『フム。それでワタシをどうにかできると思ったノカ？』

黒いモノはピクリとも動かない。

『今、いいところなんダ。邪魔をするなら……え？』

「え？」

再び、私と黒いモノが同時に驚いた。

私が押してもまったく動かなかった黒いモノが、スタスタと穴のほうに自ら歩いていく。

『バカな。ワタシと同調したノカ？』

黒いモノと触手で繋がっているタクが穴に向かって歩いている。

それに引きずられるように、黒いモノが後を追っていた。

『ワタシが支配されているノカ？』

タクと黒いモノが連なるように穴の中に入る。

「ダメェエェーッ！　タクッ！　戻ってきてっ‼」

私の魔力が尽きかけ、空間の穴が急速に縮まっていく。

『いいだろう。認めてヤル』

穴が閉じようとするギリギリのところで、黒いモノはタクを穴の外に放り出した。

それと同時に空間が閉じ、タクと繋がっていた触手がブツリと切断される。

タクにまとわりついていた触手はズルリと剥がれて、ドロドロに溶けていった。

タクはそのまま崩れるように、地面に倒れたまま動かない。

『マタ来るヨ、タクミ。待ってイロ』

閉じた穴から最後に黒いモノの声が聞こえて、暗かった空が嘘のように晴れ渡る。私は倒れたタクミの元へ、慌てて駆け寄った。

「タクっ！　タクっ！　起きてっ！　起きてぇぇえっ！」

まるで死人のように冷たくなったタクを、何度も何度も叩きながら、泣きじゃくる。

ピクリとタクが動いて私を見た。

「…………誰？」

「えっ？」

まるで感情のないタクの声に、目の前が真っ暗になる。

この日、タクは生まれてから今日までの、全ての記憶を失った。

それから二十年。

大草原での戦いが終わった後、記憶を取り戻したタクを遠くから見つめていた。

仲間だけではなく、ここに集まったすべての者達のために食事を作っている。

あの時、現れた黒いモノは、今回のリックや魔王、さらにアリスと比べても、別格のように思えた。

思い出すだけで、背筋が凍りつく。

『マタ来るヨ、タクミ。待ってイロ』

ずっと私の耳から離れないあの言葉。

でも、何があっても今度は私がタクを救う。

私のためになんの躊躇もなく、全てを差し出してくれたタクを絶対に守る。

「お、そろそろチーズがいい感じだな。このチーズは自家製で、作る工程でしっかり水分を抜くことがポイントだ。出来上がりは元のモウ乳の十分の一にしかならなくて……」

料理のことを一生懸命話し出すタクを見て、思わず微笑んでしまう。

あの時、冒険者より、宿屋を継いだら？

と言わなかったことは、間違いじゃなかったのかもしれない。

タクの料理には、きっと全ての種族を救う特別な力があるのだろう。

タクが作ったチーズの匂いに釣られて、戦い終わった者達が次々と集まって来る。

私はその光景をずっとずっと眺めていた。

裏章４　ベビモとアリス

どうしたらいいのか、わからなかった。

元々、大武会に参加する予定などなかったのだ。

それがいつのまにか、タクミと敵対するギルド側の選手として、参加していた。

思えば、その時から歯車は狂い始めたのだ。

「サプライズというものです。きっとタクミ様もお喜びになられますよ」

タクミが喜ぶと言う言葉に過剰に反応してしまい、ゴブリン王の甘い言葉に乗せられる。

優勝の「なんでも願いを叶える権利」をタクミから譲られた時もそうだった。

「僕にいいアイデアがあります。タクミ様を有象無象からお守りする素晴らしいシステムです」

タクミの隣に並び立つその日まで、誰もタクミにちょっかいをかけられないと思い込み、ゴブリン王が勧めるタクミポイントに喜び勇んで食いついてしまう。

が、しかし。

「ルシア王国の王女が、国中総出でポイントを貯めて、タクミ様との結婚を申請してきました」

ゴブリン王の言葉に目の前が真っ暗になった。

どこで間違えてしまったのか、考えられる中で最も最悪な事態に思考が停止する。

「とりあえず、タクミポイントを廃止して、サシャを亡き者にしなくては……」

「無理です。アリス様。タクミポイントはタクミ様の膨大な力と連結しています。アリス様ですら妨害することはできません」

後に、それは大嘘（はったり）とわかるが、ワタシはそれを信じてしまう。

ゴブリン王に手紙を書かせた後、ワタシは部屋でのたうちまわる。

「くそっ、まさかこんなに早く貯めるなんてっ。ああっ、どうしようっ、どうしたらいいのっ⁉　やはりあの女、早くなんとかすべきだったっ！　……お前、今のところも書いてない？　大丈夫？」

「大丈夫ですよ、アリス様」

これも後に嘘であると判明した。

やっぱりコイツ、魔王の大迷宮（ラビリンス）で追い詰めた時にちゃんと踏み潰しておけばよかった。

「古代龍（エンシェントドラゴン）っ！　古代龍（エンシェントドラゴン）はどこだっ！」

憂さ晴らしに古代龍（エンシェントドラゴン）と組手をしようとしたが、見当たらない。

「古代龍殿（エンシェントドラゴン）は三日前に家出されましたよ」

「うだぁーーーー!!」

ワタシは天に向かって咆哮した。

『探さないで下さい。でも離婚したら探して下さい』

暴れに暴れまくった後に、手紙を書く。暴れているうちに、ゴブリン王も逃げてしまったので、代筆も頼めなかった。

自分で書いた手紙をしばらく眺めた後、後半部分を破り捨てる。せめて、最後は潔く、タクミから離れよう。

数ヶ月過ごした、エメラルド鉱石で囲まれた大鍾乳洞を後にする。元々、古代龍（エンシェントドラゴン）の住処だったので、そこまで愛着はない。

もう、どうしたらいいのかなんてわからない。

出会った時から、ワタシはタクミのことだけを考えて生きてきたのだ。

ゴブリン王も、古代龍（エンシェントドラゴン）もいなくなった。

ワタシには何もない。

ただ、少しでもタクミを忘れるためにワタシは、そこから歩き出した。

何日歩いただろうか。

腹の減り具合から、一週間以上は経っている。

このまま、空腹で死ねれば楽なのだが、ワタシはそれでは死ねないらしい。

歩く度に、まわりの草木が萎（しお）れ枯れていく。

すでに自動摂取が始まっていた。

「……ここは」

いつのまにか巨大な岩に囲まれた渓谷（けいこく）に辿り着く。

十年前に見たことがある場所だった。

ここに来たのは偶然だろうか。

いや、恐らく違う。

ワタシは、自然にタクミとの思い出の場所に向かって歩いていたのだ。

そこはタクミがベビモを拾い、ワタシがベビモを捨てた場所だった。


元々、皇帝ベヒーモスだったベビモは、自分に敵意を向けなかったタクミにしか、懐いていなかった。タクミがパーティーを抜けた後、ベビモは誰の言うことも聞かなくなる。毎日、身勝手に暴れる上に、その身体はどんどん大きくなっていった。

「もう限界だな。元いた場所にもどそう」

ヌルハチの提案に満場一致で、皆が賛成する。

「も、もっきゅんっ!?」

いや、当の本人だけは、反対のようだ。

「もきゅう、もきゅもきゅ?」

ぼく、おとなしいよ?

と言っているみたいだ。

ベビモが急にこれまでと違った、甘えた態度で接してくる。

「いまさら無理だぞ、ベビモ。みんなあきれてる」

「もきゅっ!」

ベビモとはいつも喧嘩してばかりだったが、この時ばかりは少し同情してしまう。

しかし、タクミがいなくなったことで、このパーティーはもう終わりに近づいていた。

誰もが、解散する前にベビモを野生に返そうと思っていたのだ。

「食べられなかっただけでもよかったな」

「もっきゅっー!!　もきゅきゅきゅっーー!!」

慰めたつもりが激怒される。

結局、ワタシとベビモは最後まで仲が悪かった。


十年ぶりに訪れた渓谷は、昔と何も変わっていない。

荒れ果てた大地には、草木はほとんど生えておらず、氷のような冷たい風が吹き荒（すさ）んでいる。

そこには、生物が住んでいるような気配はまったくなかった。

「……ベビモはいないのか」

どこか、またベビモに会えるような気がしていたのだろう、昔の思い出ごと消えてしまったような寂しさを感じる。

誰からも必要とされない自分とベビモを重ねていたのかもしれない。

全部、タクミが繋げていたんだな。

あらためて、そのことを実感する。

あの頃、短い間だったが、ワタシを含め、個性豊かすぎるパーティーが一つになっていたのは、タクミがいつも温かい空気を運んで、みんなを繋げてくれていたからだ。

楽しかった頃の思い出に浸りながら、渓谷を抜けていく。

このまま一人、どこまでも歩いていこう。

そう思っていた時だった。

「むきゅ」

その懐かしい声は上空から聞こえてきた。

「むっきゅーーんっ！」

上を見上げると、崖の上から巨大な白い綿毛の塊(かたまり)が雄叫びをあげながら降ってくる。

でかい。

うざいほどにでかい。

どーーん、と体当たりぎみにワタシに激突する。

ワタシが動かなかったので、そのまま跳ね返り、渓谷の壁にブチ当たる。

「むきゅきゅーっ!!」

受け止めろよっ、て言ってるのだろう。

久々に見たベビモは、古代龍(エンシェントドラゴン)ほどのサイズになっていた。

うっとうしさ、百倍増しである。

さっき感じた寂しさは、一瞬で吹き飛んでいた。

「元気そうでよかったな、またなべビモ」

「むっきゅっ！」

すぐにその場から去ろうとしたが、ベビモがワタシの前に立ち塞がる。

「むきゅ、むきゅむきゅきゅ、むきゃん？　むきゅきゅきゅきゅっ！」

オマエ、落ち込んでるな、どうしたん？　ボクに言ってみろ！

むきゅむきゅしか言ってないのに、何故か言ってることが全てわかってしまう。

わからなくていいのに。

「うるさい、ほっておけ」

「むきゅ、むきゅきゅきゅっ」

ダメだ、ほっとけない。

成長したベビモが、すごくうっとうしい。

ブッ飛ばしてやろうと思った、その瞬間。

「むーきゅっ！　むきゅきゅきゅきゅっ！」

カレーっ！　タクミのカレーの匂いがするっ！

聞き違いではないか、と思った。

ワタシ達と別れてからタクミは一度もカレーを作っていない。

ベビモやワタシの大好物だったカレーをタクミは封印していると思っていた。

それを、なぜ、今になって？

「むーきゅ、むきゅきゅきゅきゅ、むっきゅっきゅっ！」

タクミはきっと、ボク達に会いたいんだっ！

ベビモが興奮して、膨らんでいる。

まだ大きくなるのかコイツ。

「た、たまたまだろう。タクミはワタシ達のことなんて……」

そう言ったワタシにベビモは何も言わなかった。

ただ、じっとワタシを見つめ、その場から動かない。

「……行ってもいいと思う？」

「むーきゅーーーんっ!!」

当たり前だろっ!!

雄(オス)か雌(メス)かわからないが、男らしくそう答えるベビモがワタシを背中に乗せる。

「むきゅむきゅ、むきゅむきゅっ」

いくぜ、全力疾走だっ。

ワタシが走ったほうが遥かに早いが、そのままベビモの背にしがみつく。

フワフワの白い綿毛はとても心地よく、ワタシはちょっと泣きそうになった顔をそこに埋(うず)めた。

裏章5　タクミとレイア

ずっと強さを追い求めていた。

神降ろしの一族に生まれ、すべての神を奪い獲れる亜璃波刃(アリババ)の能力に目覚めた時、最強になれると確信する。

もはや、私を止められる者など存在しない。

そう奢り昂る。

だが、現実は違っていた。

アリス様と出会い、まざまざと力の差を見せつけられる。

強さの次元そのものが違っていた。

しかも、そのアリス様ですら足元に及ばない最強の師匠がいるという。

私の内側で、何かが崩れるような音が聞こえた気がした。

神降ろしの里を壊滅させてまで、手に入れた強さが、まるで通用しない。

それでも、諦めはしなかった。

また一から積み上げればいい。

私はアリス様の師匠に弟子入りすることを決意する。

「そこは本来ワタシがいる場所だ。やがて奪いに行く。レイア、お前はそれまでの仮初(かりそ)めだ」

それでいいと思っていた。

アリス様がそこに戻るまでの代わりで構わない。

強くなれるならば、それでいい。

そう思いながら、修行の日々を送る。

だが、それは大きな過ちだった。

私はまるで強くなどなっていないことを知ることになる。


それは、大武会の後、バッツ殿が山に来て、獣化の儀で隠れたヨルを探した時のことだった。

獣と同化して隠れていると思っていたヨルは、私が来るのを待っていたかのように、堂々と姿を現す。

「逃れられないと思って出てきたのか、ヨル」

「ちがうよ、レイア」

ヨルが顔を覆っていた黒装束を脱ぎ捨てる。

私とヨルは、同じ日に生まれ、同じように修行し、同じ日に初めて神を降ろした。

私とヨルはまったく同じ顔をしている。

私達は、生まれる前から、同じ母の腹で、共に過ごしてきたのだ。

「今のお前にならば負けないと思ったんだ」

「ふざっ、けるなっ！」

神を降ろして、戦いに挑む。

だが、ヨルの動きは、大武会で戦った時とは、もはや別人だった。

神降ろしを遥かに上回る力が、私を圧倒する。

「私には、守るものがある」

ボロボロになり、地面に這いつくばる私をヨルが見下ろしていた。

「何もないお前になど、負けるはずがない」

その力の正体を知っていた。

タクミさんと暮らし始めた時から、ずっと増え続けてきた力だ。そして……


「レイア、みんな舞台に上がっとるっ！　行かへんのかっ！」

私はクロエの声を聞きながら、舞台を、アリス様をじっ、と見ていた。

「アリス様が来られました。……私はもう何もできません」

「何言うてるんっ。タクミ殿取られていいんかっ」

アリス様から目を逸らして、下を向く。

舞台に上がらなければ、大切なものを失う。

それがわかっていたのに、身体が動かなかった。

「……私は所詮、アリス様の身代わりなのです」

あの時、私はその力を手放した。

ボロボロの身体で立ち上がる。

ヨルの姿はすでになかった。

失くしてしまった大切な力を、思い出す。

「タクミさんの力の影響で、確かに私の身体は謎の変調を訴えております。このような現象は生まれてから一度たりともありませんでした」

最初、その力の正体が何か私にはわからなかった。

「でも、なぜか、そう心地悪くないのです。締め付けられるような苦しみの中に、どこか、力が湧いてくるような感覚もあり、上手く言えませんが、この力を制御できれば、私はもっと強くなれる。そんな気がするのですっ」

単純にタクミさんから溢れる力を貰っているのだと思っていた。

「私の中にまたタクミさんの力が流れ込みました。心臓が張り裂けるように高まっております」

私はようやく、その力を理解する。

「私は、タクミさんのことが好きだ」

もうただの仮初(かりそ)めでいることはできなかった。

「いよいよですね。タクミさん」

大草原でタクミさんの横に並び立つ。

「これが終わったら、新しい修行をしよう。俺の全てを教えてやる」

「は、はい！　ありがとうございます！　タクミさん！」

修行だけではない。

すでに溢れるくらい、色んな力を貰っている。

それを手放して勝てるはずがない。

今度は全部持っていく。

身体中から溢れる力は、神降ろしを遥かに超えるものだった。


もこもこの白い魔獣に乗って、大武会の時のようにアリス様が現れた。

「いくぞ、アリス。最終決戦だ」

「うんっ」

魔獣の上で、タクミさんとアリス様が手を繋いで立っている。

以前の私なら、目を逸らし、また逃げ出していただろう。

だけど、もう迷わない。

今度こそ、私は舞台にあがる。

「負けられませんね」

魔獣の身体をよじ登り、タクミさんの側に立つ。

「行きましょう、タクミさん」

アリス様が握っている手と反対側の手を握る。

きっと顔は真っ赤になっているだろう。

表情もにやけているかもしれない。

そんな顔を見せるわけにはいかず、タクミさんの方を見ることができない。

「レイア！　……いや、なんでもない」

アリス様が何か言おうとしてやめる。

そこはワタシだけの場所だ。

言葉にしなくても、聞こえてくる。

でも、私はもう譲らない。

「ちょっと、私の繋ぐ手があいてないじゃない！」

「うちも、うちも繋ぎたいわっ！」

「チハルもっ、チハルも繋ぐっ！」

魔獣の背中を、サシャ殿、クロエ、チハルの三人が騒ぎながら登ってくる。

どうやら、ライバルはアリス様だけではなさそうだ。

大草原の風が強く吹いて、魔獣の白い毛が宙に舞う。

私達は、三人で手を繋いだまま、ずっと前だけを見つめていた。

閑話　大草原の大団円

これは、まさに大団円（ハッピーエンド）だ。

戦いの終わった大草原を眺めていた。

これほど大きな戦争で死者が出ないことがあっただろうか。

死者どころか、悲しみや憎しみまで霧散（むさん）している。

世界は平穏などを求めていない。

常に混沌を巻き起こすために動いている。

それが魔王であり、勇者であり、魔族であり、人間なのだ。

始まりの勇者を失い、始祖の魔王が自分からいなくなった日、世界と関わることをやめる。

過去、現在、未来、すべてを見渡せる力は、邪魔でしかなく、毎日が苦痛で仕方がなかった。

そう、このような結末は、用意されていなかったはずだ。

草原の中心で料理を作る男を見る。

この平穏はあの男がもたらしたのか。

チーズが溶ける良い匂いが草原に広がっていた。

さっきまで戦っていた者達が肩を並べて食事をしている。

耳を傾けると様々な声が聞こえてきた。

「ようやく費用が貯まりましたよ。その身体、すべて機械に改造できますね」

「……機械デモ、コノ味ガワカリマスカ？」

「そこまでの味覚センサーは作れませんよ。そもそも食事の必要自体なくなります」

その女性は幼い頃に、南方の内乱に巻き込まれ、家族と自身の右半身を失っている。

激しく人間を憎み、自身の残った半身すら拒絶していた。

残った左半身の胸に手を当て、自身の鼓動を確かめる。

「……モウ少シダケ、コノママデ、イテミマス」


「ほら、お前もこっち来るにゃ。一人で食べるより、みんなで食べるほうがおいしいにゃ」

「おう、そうだぜ、ゴブリン王。俺様たちと一緒に食おうぜ」

「ミアキス殿は僕と同じで人間達に種族を滅ぼされたはずですよね。どうして、そんなに人間と仲良くできるのですか？」

ゴブリンと猫魔物。

どちらの種族も、遥か昔に、人間の敵とみなされ駆逐された。

「人間を全部滅ぼしたところで満足などできないにゃ。一緒に美味しいご飯を食べてるほうが楽しいにゃ」

ずっと逃げ続けていた小鬼は、初めて逃げずにすべてを受け止める。

「……そうですね。本当にその通りです」

「ねえ、バッツ。最初からリックのこと、救うつもりだったの？」

「そんなことないさ。うまくいけばいいなぁ、とは思っていたけどよ」

かつて、世界中のどんなものでも盗めると豪語する大盗賊が存在した。

大盗賊は、特に珍しい魔装備を好み、ルシア王国の宝物庫に侵入し、そこでルシア王国の騎士団長と出会った。

「リックのこと、十年前から気付いていたでしょ。でないと、ここまでうまくいかないわ」

「偶然だよ。オイラはただリックが装備している魔装備を盗もうとしたんだ。まさか、その装備自体がリックとは思わなかったよ」

大盗賊は、ハフハフと旨そうに溶けたチーズがのったパンを頬張る。

ルシア王国の王女が、微笑みながら同じように頬張った。

「いい匂いがするのう。アレを食べたら魔力も回復する気がするわい。優しい誰かが持ってきてくれんかのう」

「甘えるな、バルバロイ。もう動けるじゃろうが。自分で取ってくるがいい」

「冷たいのう、エンシェ殿、ワシとお前の仲じゃないか」

「ふん、ただの腐れ縁じゃわい」

長く敵対していた、ギルドの会長とドラゴン一族の前王。

啀み合いながらも、雌雄を決することなく、いつしか二人は友となっていた。

「ワシ、今回すごく頑張ったんじゃがのう。美女があーん、で食べさせてくれんかのう」

「気持ち悪いわっ、くそじじいっ！」

聞こえてくる声はどれも明るさに満ちている。


「一緒に召し上がらないのですか？」

懐かしい声が聞こえて、振り向く。

最後に会ったのはいつだったか、もう覚えていない。

「久しいな、魔王」

「はい、尊師。お久しぶりです」

かつて、ワシの身体の中にいた魔王が、別れた時と変わらぬ姿で頭を下げる。

「ワシは何もしとらんからの。ここから見ているだけで十分じゃ」

「美味しいですよ。ものすごく」

魔王がチーズののったパンを持ってきていた。

ごくり、と生唾を飲み込む音がする。

ワシがそれを、鳴らしたことが信じられなかった。

「温かいな。この料理は」

行儀作法を無視してかぶりつく。

自然と顔が笑顔になってしまう。

「行ってこい。今度はそのままの姿で、な」

「はい、尊師。あ、チーズたれてますよ」

本当にこの料理は恐ろしい。

カッコつけることもままならん。

大草原は笑顔に包まれていた。

美味いものの前では、どんな者でも笑ってしまうようだ。

そんな単純なことが、どうして今までわからなかったのか。

最強の仙人などと呼ばれていても、所詮はただ長く生きている凡夫にすぎない。


「タクミさんっ、隣で一緒に食べてもよろしいでしょうか」

「悪いがレイア、すでにタクミの隣は、このアリスが確保して……」

「なら、私は反対側に」

「ぐ、むぬぅ。な、なかなか大胆になったな、レイア」

この戦いを、世界を平穏にした男が、困った顔であたふたしている。

「チハルは膝の上にのるっ」

「むきゅーーーーんっ」

「ちょっとまてっ！　ベビモは無理だっ！　無茶するなっ！」

温かい風は、冬の終わりが近いことを告げていた。

この優しい世界が少しでも長く続いてほしい。

そう願いながら、それが叶わぬことを知っている。

それは、いつのまにか、ワシの隣に立っていた。

その存在に気づいている者は誰もいない。

姿を見ることもできないだろう。

世界は平穏などを求めてはいない。

だからこそ、そのモノは現れる。

目も鼻も口もない、真っ白な存在。

この世界の始まりであり、理（ことわり）であり、混沌である存在。

『ニタリ』

笑っているのか。

何も無かったその顔に、横になった三日月のような空洞が、顔いっぱいに広がっていく。

白いモノがワシと同じように、大草原を眺めていた。

《了》

あとがき

みなさま、お久しぶりです。早いもので、一巻発売からもう半年が過ぎました。人生二度目のあとがきを書いているアキライズンです。最近、一緒に住んでいる猫がキーボードの上に乗るので、有り得ない誤字脱字が頻発しています。でも可愛いので怒れない、そんなアキライズンです。

みなさまのおかげで、「うちの弟子」(略称はこちらに定着しました)は、多くの方々に支えされ、二巻を出せることになりました。さらに現在コミカライズの企画も進行中となっており、なんとお礼を申し上げてよいやら、本当にもう感謝の言葉もございません。

そして、感謝の気持ちを返すには、やはり良い作品を書くことだと思いまして、今回の二巻はweb版から、かなりの加筆修正と書き下ろしをさせて頂きました。作者と同じで、あとがきから先に読む方もいらっしゃると思いますので、大きなネタバレは書きませんが、登場人物が違う人になっていたり、物語の核心に迫るお話が追加されていたりします。web版をすでに読んでいただいている読者様も存分に楽しめる内容になっているはずなので、読み比べて違いを楽しんで頂けたら嬉しいです。

さて、冒頭で猫の話をしましたが、今回は少しだけ猫の話を書かせて頂きます。一巻のあとがきでも書いたように、作者は猫を二匹飼っております。トラ柄のトラと黒猫のクウです。どちらも雄で兄弟なのに性格はまるで正反対です。トラは小説を書いていると邪魔します。それはもう顔を擦り付け、手にしがみつき、時には冷蔵庫の上から背中にダイブしてきます。クウは全く邪魔しません。じーー、と遠くから、小説が書き終わるのを待っています。そして、終わったら、ゆっくり近づいて来るのです。はい、二匹ともめっちゃ可愛いです。原稿が遅れたら猫と遊んでいるせいです。許して下さい。

それでは最後に今回も謝辞をお伝えしたいと思います。

作者のわがままを全て受け止めてくださった担当H様。

一巻に続き二巻まで出版してくださった一二三書房編集部様。

本当に魅力的で素晴らしいイラストを描いてくださったｔｏ・ｉ８様。

一巻からもはや共同制作レベルで協力してくれているサスヘンN様。

いっぱい本を買ってくれた友人M。

どんな時も応援してくれた家族のみんなと天国のおばあちゃん。

そして、この本を手にして頂いた読者のみなさま。

言葉では伝えきれないほどの感謝の気持ちを込めて。

ありがとうございました。

令和二年　二月　アキライズン

魔物が仲間!?な
転生賢者の
ほんわか時々
シリアスな
冒険譚!
魔物を従える"帝印"を持つ転生賢者
～かつての魔法と従魔でひっそり最強の冒険者になる～
苗原一
Illustration BBBOX
Written by Naeharahajime
Illustration by BBBOX
最新3巻2020年4月15日発売!
サーガフォレストは毎月15日頃発売!!
©Hajime Naehara

03
Manadeshi ni Uragirarete Shinda Ossan Yu-sha,
Shijyosaikyo no Maou Toshite Ikikaeru
愛弟子に裏切られて死んだおっさん勇者、史上最強の魔王として生き返る
六志麻あさ
written by rokushimaasa
イラスト/カンザリン
illustration by kanzarin
集いし七大魔軍長
第一次勇者侵攻戦開戦
マンガでも
さすまお〜!
WEBコミックガンマ+
5のつく日更新・絶頂!WEBコミックマガジン
にて連載決定!!

うちの弟子がいつのまにか人類最強になっていて、なんの才能もない師匠の俺が、それを超える宇宙最強に誤認定されている件について 2

発行
2020年3月14日 初版第一刷発行

著者
アキライズン

発行人
長谷川 洋

発行・発売
株式会社一二三書房
〒101-0003 東京都千代田区一ツ橋 2-4-3 光文恒産ビル
03-3265-1881

デザイン
okubo

印刷
中央精版印刷株式会社

作品の感想、ファンレターをお待ちしております。

〒101-0003 東京都千代田区一ツ橋 2-4-3 光文恒産ビル
株式会社一二三書房
アキライズン 先生／toi8 先生

Printed in japan, ISBN 978-4-89199-619-2

※本書は小説投稿サイト「小説家になろう」（http://syosetu.com/）に
掲載された作品を加筆修正し書籍化したものです。